GOBOOKS
& SITAK
GROUP©

三日月書版

三日月書版

子夜呉歌
長寂寥
墨竹
繪 はまぐり
三日月書
BL04

子夜吳歌

ZIYEWUGE

目録 contents

子夜呉歌

第一章

百里寒冰神智清明，卻僵直地倒進了如瑄懷裡。

如瑄配製的藥物著實厲害，武功卓絕如他都反應不及，瞬間便無法動彈分毫。

「這是要做什麼？」

聽見身後有人說話，他雖無法轉身，但從聲音上分辨出了來人正是無思。

「我和百里城主之間，有些私人的事情要處理。」如瑄溫熱的氣息拂過他耳邊，他還能看到如瑄嘴角淺淡的笑容。

「是這樣嗎？」無思走近了一些，「用了這麼厲害的迷藥，看來是很重要的事情啊。」

「你不會想阻止我吧。」

百里寒冰的眼睛尚能轉動，他看到如瑄在問這句話的時候，一隻手已經微微屈起，指尖閃過一絲寒光，看樣子像是一枚尖銳的銀針。

「你不要誤會。」無思立刻停下腳步，「我手無縛雞之力，怎麼會做這麼危險的事情呢？」

「那就好。」如瑄雖然這麼說，手卻沒有放下，「你若是再往前一步，恐怕就真的要變成瞎子了。」

過了半晌，無思才又出聲，不過那笑聲聽起來有些尷尬。

「你什麼時候知道的？」

「從第一次見你開始，我就覺得有什麼地方不太對勁。你身上有麒麟花和水沉香的味道，那是為了克制某種陰寒毒性煉製的祛毒之物。而要把麒麟花融進水沉香，非但方法複雜，更是必須時時觀測爐火，否則一不留神就會浪費了這兩種難得的藥物。」如瑄慢慢把手收了回去，「換成是我，若是雙目不便，就不會用水沉香而是其他材料代替，縱然藥效有少許不及，但煉製起來方便許多。何況，剛才看你在屋裡時，為了把針放回針袋而靠近燭火，我就肯定你雙眼應是能夠視物。」

「這些年以來，你是第二個只靠觀察就推測出我並沒有失明的人，這倒真是巧了……」無思嘆了口氣，「多年前，我遭人暗算中了奇毒『碧水』，後來雖然想辦法解了毒，卻因拖延了解毒時間，所以要常年服用麒麟香緩和餘毒。而且雙眼也因毒性脆弱畏光，白日裡才不得不借助布帛濾去光亮。雖不能算做失明，但在日光中幾乎不能視物，說是半盲也不為過。」

「既然大家都是明白人，就別拐彎抹角了。」如瑄邊說邊從腰間取出一個小小的瓷盒，「我不知道你和他有什麼協議，但今晚我和他之間的事情，我不希望有人插手。」

當如瑄一手挑開瓷瓶的塞子，濃郁特異的香味四散而出，無思臉上的表情霎時變了。

「紫玉精髓！」任他早已見慣了珍貴的藥物，此刻也是輕呼出聲，「你竟然找得到紫玉精髓。」

「地心紫玉，千年化髓。」如瑄重新把塞子塞好，對著他說：「這千年才得幾滴的紫玉精髓，想必能夠打動藥師你的心了吧。」

「你要把它給我？」無思大吃一驚，「如果你試著……」

「那也未必會有太大的作用，何況……早就沒什麼意義了。」如瑄打斷他，「與其把如此珍貴的藥物浪費在我身上，不如把它託付良醫，用來造福世人不是更好？」

無思就著明亮月光，帶著一抹深思相對，沉默了一會才問：「人生不過短短數十載，為什麼要對一事一物執著到這種地步？」

如瑄握緊瓷瓶，望著百里寒冰已然散開的烏黑長髮：「也許我是個不知疼痛的傻子，喜歡讓自己遍體鱗傷。又或者我太過好強，為了爭一口氣怎麼也不願服輸放手。」

「聽來好似得了失心瘋。」他這麼一說，無思忍不住笑了出來，「誰能想到活人無數的一代名醫，竟然會說自己是個瘋子。」

百里寒冰能感覺到如瑄肩膀顫動著，想來是在發笑。

「就算瘋了，和是不是名醫又有什麼關係？」如瑄在他耳邊低聲笑著說，

「不過，若是我不曾學醫，也許今日就不會……」

「也許那些你救過的人，都活不到今日了。」無思慢慢地走了過來，對著他伸出手，「如此優渥的條件，我自然會答應你的。但要我不再插手你們的事可以，可要用這紫玉精髓濟世救人，我未必能夠做到。」

「隨你如何使用。」如瑄毫不猶豫地把藥瓶放到了他的手裡，「總比交給庸醫，白白糟蹋了這珍貴的藥物要好。」

「如此說來，我倒也算心安理得。」無思接過瓶子，繞過如瑄，面對著伏在他身上的百里寒冰說道：「百里城主，這紫玉精髓對徹底袪除我身上的餘毒極有用處，這樣的條件我怎麼也拒絕不了。最重要的是，你也不會願意看到我和他兩個不懂武功的人扭打起來，傷了我固然不好，但傷了他你更不會饒過我。所以，你就別怪我不管不顧了。

「你我的約定已經告一段落，在下就此別過，再次相見之日……但願遙遙無期。」最後，無思嘴角帶著一絲古怪的笑容，「城主請多多保重。」

百里寒冰動彈不得，只能眼睜睜看著他轉身飄然而去。

遠遠聽到無思的聲音傳來：「生年不滿百，常懷千歲憂。晝短苦夜長，何不秉燭遊……」

「生年不滿百，常懷千歲憂。晝短苦夜長，何不秉燭遊……」如瑄跟著重複了一遍，然後長長地嘆息一聲。

「幸好人生短促。」百里寒冰聽他似是在對自己說，「縱然煩惱也不長久……」

百里寒冰的神智始終非常清醒。

如瑄也不知對他用了什麼藥物，他雖然慢慢能夠做些微小的動作，但卻無法凝聚半點內勁。

他清醒地被如瑄扶著回到房裡，清醒地被如瑄扶著躺到床上，清醒地聽見如瑄支開了服侍自己的僕役和婢女，清醒地聽到他吩咐總管讓人守在院外，不許任何人進來打擾。

他的心裡開始隱約覺得不太對勁。

「只不過是效力更強的軟筋散，對身體無害。」

百里寒冰吃力地側過頭，看到如瑄手持燭臺，慢慢走近自己。昏暗的屋裡，只有如瑄手裡一盞燭火熒熒發出光芒，映照在他的臉上，讓他近日消瘦許多的輪廓柔和了不少。

「如瑄……」百里寒冰喊著他的名字，才發覺自己已經可以出聲。

「嗯。」如瑄輕輕地應了一聲，把燭臺放在床頭，然後坐在床沿，一眨不眨地盯著他看。

「如瑄，你這是要做什麼？」百里寒冰看著他近乎失常的舉動，眼睛裡帶著驚疑，「有什麼話不能直接和我說，為什麼要對我下藥？」

「我說的話，你真的聽得進去嗎？」

「什麼意思？」百里寒冰的表情嚴峻起來，「我什麼時候無視過你？」

「百里寒冰，你口口聲聲說我是你最心愛的弟子，但你什麼時候把我看做可以交付信任的人？」如瑄對他搖了搖頭，「你的眼裡從來不曾有過我，你的眼裡除了自己，什麼人也沒有。」

「如果說是因為我欺騙……」

「不用說了，現在說那些已經沒有意義了。」如瑄打斷他，「我知道你有自己的理由，但那和我已經沒有關係了。」

「如瑄，到底要怎樣你才肯聽我解釋？」

「你給我閉嘴，我不想聽！」如瑄的聲音有些歇斯底里，「我告訴你百里寒冰，不論是什麼理由，我都不會原諒你的！」

換成別人，百里寒冰又怎麼能容忍被這樣對待，不論他表面如何謙和有禮，但內心還是藏著絕世劍客的不凡傲氣。

但這世上只有一個如瑄。

除了如瑄，百里寒冰再不會對誰這樣百般遷就。加上此刻他心中有愧，而且如瑄的表現如此反常，他哪裡顧得上生氣發怒，心裡只是一陣忐忑。反觀如瑄，喊完之後倒是平靜下來，又是那樣呆滯地盯著他。

「如瑄你沒事吧？」百里寒冰伸出手抓著他的衣袖。

「你放心吧，我沒事，也沒有得失心瘋。要瘋的話我早就瘋了，怎麼也不會等到今天。」如瑄輕柔地笑著，指尖滑過他的髮鬢，「今晚我只是想和你說說話，因為平時我對你說話的時候，你從來不肯認真聽，我才不得不這麼做的……」

「這樣就好了……」如瑄像是在說給自己聽，「如果我現在幫你解開，你就不會仔細聽我說話了。」

「到底為什麼……」眼前的人明明就是如瑄，偏偏又不像他？

「你覺得不認識我了？你的確從來不認識我，因為你的眼裡從來沒有別人，只有你和你的冰霜劍。」如瑄的指尖觸到他的眼簾，「知道顧紫盈為什麼會愛上我嗎？其實她原本也愛過你的，她心裡直到最後也一直有你，但你的眼裡和心裡卻從來沒有她。一個絕世美人，最難忍受的就是被所愛之人漠視，日復一日蹉跎青春韶華。」

百里寒冰身上雖然還是沒有力氣，但雙手已經能夠靈活行動。他本來緊緊抓著如瑄的袖子，但聽到這裡便慢慢放開了。

「對，我知道。我知道她的孤獨寂寞和痛苦，知道她對你的愛會日漸消磨，知道她想要什麼。」如瑄湊在他耳邊輕聲說著，「百里寒冰，論武功你是天下第一，但面對這種複雜情感，你絕對是一個拙劣不過的低手。」

「你是故意的嗎？」百里寒冰的聲音有些澀然。

「我根本沒用什麼手段，就讓她輕易愛上了我，你不覺得自己應該好好反省嗎？」如瑄微笑著，「你根本不懂，但凡她那樣美麗的女人，往往比其他人更加脆弱也更加多情，只要用對方法，讓她傾心於我其實也不是件困難的事。」

「別說了，如瑄。」百里寒冰的臉色已經變了，「紫盈已經死了，你不要再提到她。」

「你覺得這樣有損顏面還是失落傷心？」如瑄與他四目相對，「我猜是因為顏面無光。因為你根本不愛自己的妻子，你只是覺得百里寒冰被自己的妻子背叛，是一件十足丟臉的事情罷了。」

「如瑄，不許說了，我不想再聽到這些。」百里寒冰閉上眼睛，往另一邊側過頭，「你再說下去，我可要生氣了。」

「原來你還沒有生氣啊——」如瑄手下用力，強行把他的臉轉了回來，「那好，反正這些年來你從沒給我臉色看過，不如趁這機會大發雷霆，讓我見識一下也好。」

「是我騙你在先，你想怎麼洩憤都沒關係，可為什麼偏偏要扯上她？」被如瑄語氣中的輕佻蔑視激怒，百里寒冰目光開始變冷。

「要是可以，你以為我……」話說到一半，如瑄捂住嘴笑了起來，但卻只聽他發出笑聲，目光裡半點笑意也尋不到。

許久，他終於停了下來，手放下的時候，他臉上果然沒有一絲笑容。

「百里寒冰，你不知道我有多恨你。」他用一種帶著倦怠的古怪聲音說，「如果可以，我真想一劍刺死你，再一塊一塊把你切碎吃了下去。」

似乎為了配合他的話，一陣毛骨悚然的冷風從窗外吹了進來，床頭的燭火一時劇烈搖晃。興許是沒了內力，單薄的衣物抵受不住夜半寒冷，百里寒冰的指尖微微顫了一顫。

如瑄見了，倒是真的笑了出來。

「你不會當真了吧。」他一邊笑一邊拉過被子，幫百里寒冰仔細蓋好，「不過話說回來，你常年茹素練武，味道應該比常人好上許多，如果真要吃人，我是一定會選你的。」

百里寒冰這才明白他不過是隨口一說，但想到方才如瑄的那種表情，總令他心裡陣陣陰冷。

「如瑄，你為什麼要對我下藥？」他又問了一次，忍不住再三確認，「還有你說恨我，可是真的？」

「這時候再問，不是晚了點嗎？在我回答之前，不如你先回答我一個問題吧。」如瑄的手還放在他臉上，「百里寒冰，在騙我之前，為什麼不告訴我你準備騙我了？」

如瑄的目光在燈火中深邃難測，讓百里寒冰的心忽然收緊起來。他的直覺告訴自己，此時他正面對著一個足以與他匹敵的對手，一個哪怕用盡全力都未必能夠戰勝的對手。

到底是怎麼回事？怎麼如瑄，轉眼竟是成了自己的對手？

燭光明滅不定，正如同百里寒冰此刻的心情。

「百里寒冰，在騙我之前你有沒有想過，你根本就沒有騙我的必要呢？」如瑄低垂的視線始終沒有離開過他的臉龐，「一直以來，我什麼時候拒絕過你？當初你讓我離開，我心裡不知有多麼難過，不也是一句話不說地走了？這麼多年來，你就沒有想過，只要你開口，也許我根本無法拒絕你嗎？」

「這次……不同……」他說得有些艱澀。

「不同？有什麼不同？」如瑄淺淺一笑，「其實我也知道你在顧慮什麼，你是怕讓我知道，中了『當時已惘然』的人並不是你，我就不會願意施藥救治了。」

想到如瑄也許是因氣憤而一時失常，百里寒冰眼中的疑惑漸漸平復。

「我的確這麼想過。」他用平穩的聲音說，「但是如瑄，你實話告訴我，若中毒的那個人不是我，你也會願意嗎？」

看著他的眼神，如瑄知道百里寒冰已經恢復了一貫的冷靜。

「不會。」如瑄朝他搖了搖頭，「雖然醫者仁心，但千花凝雪不一樣……」

「漳州衛家。」百里寒冰用四個字打斷了他。

如瑄慢慢收回放在他臉上的手，然後慢慢地站了起來。

「如瑄，難道你不是姓衛嗎？」百里寒冰一手撐著床沿，竟靠著自己的力氣坐了起來，「你不是什麼孤苦無依的無名少年，而是來自昔日神醫輩出、備受推崇的漳州衛家吧。」

如瑄往後退了幾步，直到撞上桌子，才總算停了下來。

「衛……」他動了動嘴唇，卻是說不出半句話。

百里寒冰從懷裡取出一樣東西，看上去像是一本發黃的古籍。他手腕一抖，那書本便穩穩地落到了如瑄手邊的桌面上。雖然這一擲多半是靠著巧勁，但看準頭也知道他的內力正在恢復。

而以他的功力，就算只是恢復了一成半成，也已勝過常人數倍。何況他此刻有了戒心，如瑄再想出其不意地制住他，怕是再無可能。

「你這十多年來，無非就是想要這個吧。」

如瑄的指尖已經觸到了那本古書，但一聽到百里寒冰的聲音，立即把手蜷攏收了回來。

「《藥毒記篇》……」雖然把手收了回來，他的目光卻還流連在那本書上，嘴裡也不由自主地念著。

殘破發黃卻還算完整的封面之上，赫然書寫著「藥毒」兩字繁複古篆。這兩個字的樣式，自他識字記事開始，不知用手指筆尖照著描畫了多少遍，怎麼也不會認錯的。

這本書對他來說曾經無比重要，此刻驀地落在面前，他又怎麼能無動於衷？

「你怎麼會知道？」過了好一會，如瑄才把目光從那本舊書上移開。

「因為唐紫盈。」百里寒冰背靠床柱，目光望向窗外昏暗陰沉的天空。「你是衛如瑄，她是唐紫盈，既然你能為這本書拜我為師，那她為這本書嫁給我又有什麼好奇怪的？」

「蜀中唐家，是嗎？」如瑄喃喃地說著。

「可惜唐有余用盡心機計畫了十多年，還陪上了嫡親妹妹的性命，最後還是落了個兩手空空的下場。」百里寒冰說這些的時候面無表情，也不見他有絲毫憤怒或不滿，那樣子就像在說一件和自己完全無關的事情一樣，「唐紫盈也是太心急，如果她能再等一等，也許一切也就不會這樣收場了。」

如瑄望著他，每聽他說一句，臉色就白上一分。

「唐有余殫精竭慮想得到這本藥毒奇書，他以為百里家一定把它視若珍寶地收藏著。只可惜他怎麼也想不到，百里家的人對醫藥毒物毫無興趣，得到這本書也只是機緣巧合，所以一直不知道它有多麼珍貴。」百里寒冰把目光轉向那書，「其實它一直就放在藏書閣裡，只要細細尋找定能找到。就算有人把它從書閣拿走，也未必有人知道。如瑄你看，世事本就如此有趣不是嗎？」

「是。」如瑄僵硬地點了點頭，「這還真是有趣……」

「至於你的目的，我本來也不是很確定。直到無思看過你替雨瀾開的藥方之後，告訴我你是漳州衛家的後人，我才聯想到原來你們都是衝著這本書而來的。」

「對。」如瑄還是點頭，「衛家是因為得到了這書的後半部分，才成為享譽一方的神醫世家。我從懂事開始，就一直夢想著要得到這本絕世醫書。這本書對我就如同武學之於你的意義，你應該不難理解吧。」

「如瑄，我沒有別的意思。」百里寒冰站了起來，「我想告訴你，雖然我有些失落，但心裡始終是相信你的。就算你一樣是為了這本書才來到冰霜城，但你絕對不會像我的妻子，為了這本書對我下毒，想置我於死地。」

如瑄把手收攏到袖子裡，火光閃爍，他的影子映在牆上彷彿不停顫抖。但事實上，他站得很穩，就連背脊都筆直地挺著。

「你還真有自信。」聽完百里寒冰的話，他低低笑了兩聲，「那不如說說你為什麼要騙我，難道就因為我騙了你，你也要騙我一次才覺得公平？」

「當然不是。其實我之所以要娶顧家的女兒，有很大一部分原因是顧家對我百里家曾有過恩惠。但百里家不過武林草莽，顧家卻是朝廷重臣，所以相互之間也不宜往來。我本來並不清楚兩家之間的過往，直至接到顧家的求救信物，才星夜趕往救援。最終卻仍是遲了一步，只來得及救下他們兩個。」

百里寒冰走了過來，清冷明亮的月光照在他身上，越發襯得他不似凡人：

「唐紫盈在多年前成為顧家義女，是因顧家在朝中勢力太大，朝廷授意唐家埋下的眼線。直到顧家滿門被滅，收養之事又事隔多年，以至於我絲毫沒有懷疑她的身世。」

「原來還有這一層原因。」如瑄微低下頭，往後退了一步，「怪不得這場婚事突如其來，原來只要你娶了她，就可以掩飾你們兩家的交情，又能把恩人的血脈名正言順地保護起來。人人只以為你娶了如花美眷，卻想不到這是椿一舉數得的大好事……」

百里寒冰此時離他只有幾步之遙，但見他低頭後退只好停了下來。

「真正中毒的那個人，是顧雨瀾吧。」說到這裡，如瑄再怎麼遲鈍也都已經猜到了。

「唐紫盈是唐家的眼線，但雨瀾卻千真萬確是顧家最後一點血脈，無論如何我都不能讓他出事。」百里寒冰長長地嘆了口氣，「我當時重創月無涯，但沒料到雨瀾已經中了『當時已惘然』。月無涯這個人我很清楚，手段狠毒無情不說，生平更是最愛記仇。先不論他有沒有解藥，就算有，要讓他交出來也是一件非常困難的事情。何況他早已不知去向，哪怕我傾盡冰霜城之力，要找到他也不是一時半刻能夠做到的。」

「於是，你就去找藥師無思？」

「你只知其一不知其二，無思本就姓月，他和月無涯是一胎雙生的同胞兄弟。」百里寒冰說出了這個江湖中罕有人知的祕密。「他們兄弟少年時反目成仇，月無涯曾經伺機毒瞎他的眼睛，逼無思不得不離家棄姓。加上月無涯這人反復無常，做事往往只憑心情而不按常理；無思卻是深明關節利害，不提他和月無涯的仇隙，但說冰霜城的寶庫裡總有他想要的東西。這樣百利無害的條件，他沒有理由不願幫我。」

「然後他告訴你，我是漳州衛家的人，而能解『當時已惘然』最便捷牢靠的辦法就遠在天邊近在眼前。」

聽到如瑄嘲弄的口吻，百里寒冰的臉色陰沉下來，轉眼卻又嘆了口氣，變成一臉無奈。

「無思告訴我，在這麼短的時間裡，他不可能立刻找出解毒的辦法。但漳州衛家卻有一種絕不外傳的奇藥，能徹底根除毒性救治雨瀾。只不過，衛家的人把這種藥看得極其重要，傳聞他們只為至親至愛之人煉製這種藥物……」

百里寒冰盯著如瑄，卻沒能從他的表情中看出什麼，只能接著繼續往下說。

「衛家人每一個人都誓守諾言，多年來不論外人如何覬覦，使用何種手段想要得到藥方，最終也都是一無所獲。哪怕到了現在已經是銷聲匿跡、血脈幾乎斷絕的地步，竟也從來沒有一個衛家的人願意吐露關於這種藥物的半點消息。無思告訴我，就算你多麼想救雨瀾，也絕對不會破例為他煉藥，只有一種可能……除非需要那種藥的，是你的至親或至愛之人……」

子夜吳歌

第二章

如瑄本是帶著嘲諷的笑容，直到聽見這一句話，他先是一愣，接著身子晃了一晃，像是站不穩似地往後退了幾步。

他一步接著一步，直到無路可退為止。

不論百里寒冰之前說了些什麼，但這一句話分明是意有所指……他……他……他竟然、竟然是……

「你……」如瑄一口氣哽在胸前，一時發不出聲音。

「我一直都不知道，原來你對我……」說到這裡，見如瑄神色不對，百里寒冰想伸手扶著他。

如瑄緊貼著牆壁，看著他的樣子如同看見洪水猛獸一般，百里寒冰心裡也有些發悶，只能把手又縮了回來，打消靠近的念頭。

「那晚唐紫盈對我下毒，我看出不對勁而有所防備，只是偽裝中毒想要知道原因，沒想到她卻說……」

「夠了——」

如瑄的聲音尖銳刺耳，百里寒冰從沒聽他用這樣的聲音大聲喊叫過，於是立刻停了下來。

如瑄的臉色比身後的牆面和地上的月光還要白上幾分，表情就像隨時準備轉身跑出房間。但他沒有。百里寒冰覺得他隨時可能就這樣拂袖而去，但過了好一會，他仍然站在那裡。哪怕緊緊貼著牆壁，哪怕臉色蒼白得可怕，如瑄還是站在那裡，既沒有暈厥，也沒有轉身逃避。

「我……」他有些氣急，說話不免斷續，「我知道了，是那樣的……但不要說了……你不要再說，不要……」

這次，換成百里寒冰往後退了幾步。他剛才是預想了後果才說出那句話，但如瑄的反應卻不在他預料之中。

如瑄沒有佯裝不知或索性轉身離開，他竟毫不掩飾地承認了。他以為按照如瑄內斂的個性，是絕不會願意對自己承認的。

那樣理所當然地承認了，如瑄的眉宇間沒有半點惱怒，反而滿是痛楚。彷佛在忍受著什麼劇烈而不可言說的疼痛，是那種讓人見了便能感同身受般難以忍受的痛苦。

如瑄忍耐的目光，讓百里寒冰一時之間不知該如何是好。他像是強忍著巨大沉重的痛苦，而面對這樣的如瑄，面對這樣的目光，百里寒冰也不知道該怎麼辦了。

「你什麼都不知道，卻覺得自己什麼都知道……」如瑄彎起嘴角，「你和我看似親近，卻從來沒有把我放在心上，若是她不說，你永遠也不會知道。說不定每一個人都知道了，你也不會知曉。表面上說是親如父子兄弟，背地裡一定看不起我，把我當成噁心的笑話……」

他似乎是在喃喃自語，但聽在百里寒冰耳中，不啻是掀起了一陣驚濤駭浪。

「如瑄，你應該知道我不是那樣的人。我沒有看不起你，更沒有把你當成笑話。」就算對方是如瑄，他退讓的底線也就到這裡了。「你喜愛什麼人是你自己的事，別人沒有權力指責嘲笑。但你要明白，不是所有情感都能得到回報，也不是人人都會像你一樣愛上其他男子。」

如瑄用陌生的目光看著他，看了很長一段時間之後，又忽然仰頭大笑。他笑得聲嘶力竭，連右頰的酒窩都猙獰浮現。

如瑄狂笑的模樣簡直像是著了魔。

「你笑什麼？」

如瑄不理他，只是自顧自地笑著。

「不要笑了。」百里寒冰一掌擊在身邊的桌子上，大理石桌面立刻四分五裂，整張桌子瞬間化為粉末。

如瑄突兀的笑聲跟著停了下來。他看向百里寒冰，就像從來不認識這個人似的。而百里寒冰看著他的目光，也像看著一個完全陌生的人。他們相識多年，但這一刻卻覺得好像從來不認識對方。

「你是想讓我明白，赤身裸體站在大庭廣眾之下是什麼感受嗎？」如瑄輕聲詢問。

「我不是想羞辱你。」百里寒冰徹底失去耐心，放棄了說服他的念頭。

「你以為我不知道那些道理，你以為我不瞭解你，你以為我不知道你在騙我？」如瑄點了點頭，「好，我不知道，那我什麼都不知道……我是中了毒、生了病、發了瘋，這樣就可以了吧！」

「衛如瑄！」

「我不叫衛如瑄。」如瑄的聲音十分平穩，「你看，你連我叫什麼都不知道。」

「你以為我不難過、不傷心嗎？」

「是嗎？」如瑄的眼睛閃閃著光芒，「你怎麼傷心難過了，說來聽聽啊。」

百里寒冰對著這雙眼睛，竟是說不出半句話來。

「算了。」他用手撐著自己的額頭，「現在還是別說了，等到……」

「等到以後？等到大家都冷靜下來之後？」如瑄輕聲嘆了口氣，「不會有什麼以後了，我……」

「什麼？」百里寒冰沒有聽清楚後面的話。

如瑄嘴唇動了動，他凝神聆聽，可還沒來得及聽到什麼，一片白色粉末便漫天籠罩過來。

百里寒冰的武功已經恢復了三四成，按理說是可以避開的。但這太過突然又沒有徵兆的舉動，他怎麼也想不到，如瑄居然挑在這個時候，再次用同樣的方式來暗算他。

不過這次他閉氣後退的速度也不慢，只是眨眼之間就退到床邊，但那種據說沾上一點就會生效的藥物早就已經發作了。

「你看，這其實一點都不難。我真不明白，紫盈那麼聰明的人，怎麼可能會失了手呢？」如瑄冷冷的聲音在他耳邊響起，「若是換成我來下毒，你早就死過千百回了。」

如瑄翻著那本書，迅速卻又仔細地翻閱著。他本就能一目十行，那薄薄的書冊不過一盞茶的功夫就被翻到了最後一頁。

「天意如此，冥冥之中……」如瑄低聲說了句什麼，然後把書合起湊近燭火，乾黃的紙頁立刻猛烈地燒了起來。直到火舌幾乎舔上他的指尖，他才鬆開手，任由那一團火焰落到青石地面上。

火很快就熄了，但星星點點的餘燼過了許久才徹底消逝。

如瑄慢慢走到床邊，光影搖曳，他臉上的笑容清淺溫柔。

百里寒冰躺在床邊的地板上，他仰望著如瑄，如瑄也低頭看著他。

「你剛才不是說了，我喜歡誰是我自己的事。就算我愛著你，那又和你有什麼關係？你有什麼權力逼我承認？你有什麼……」他一邊質問，一邊慢慢地半跪下來。

「說什麼不是人人都會和我一樣會愛上男子，你是在嘲笑我嗎？」他用手撩開覆在百里寒冰臉上的凌亂頭髮，「或者看你這得意的樣子，是不是在心裡可憐我這不知廉恥的傻瓜呢？」

「如瑄，你到底想做什麼？」

「你問我？」如瑄的目光瞬間變得冰冷，「你把我拚命想要保守的祕密挖了出來，一副非要把我逼到走投無路的架式。百里寒冰，我才想問你，你到底想對我做什麼？」

「這對我來說一樣難以開口，我又何嘗想說破？」百里寒冰和他四目相對，眼中一片坦然，「可是如瑄，如果一直不說破，你就要一直這樣痛苦下去嗎？」

「別擺出一副為了我好的樣子，你真以為說破了之後我就能放下嗎？」如瑄閉上眼睛，深深地吸了口氣，「如果這麼簡單，我到底為什麼要痛苦這麼久呢？」

「既然沒有任何希望，為什麼你不肯放棄？」百里寒冰也閉上眼睛，臉上滿是無奈和無力，「我也不知道該怎麼說，總之，就算你恨我也沒關係，反正我是不會愛上你的。」

如瑄猛地睜開眼睛，先是用力瞪著百里寒冰，然後突然笑了。

「你這麼做，不就是想逼我恨你，然後斷了我的想念嗎？」他掩住嘴，笑得有些斷斷續續，「百里寒冰啊百里寒冰，你還真是為我費了不少心思啊。」

百里寒冰一閃而逝的懊惱神情，也沒能逃過他的眼睛。

「怎麼，你還為善不欲人知？」他停了下來，一手撐住地面俯下身，用很近的距離和百里寒冰面對著面，「但你有沒有想過，我對你的瞭解遠比你想的還要更深。你以為我會看不出你是故意騙我，想要讓我恨你從而相互疏遠嗎？」

百里寒冰鎮定淡然地看著他。

「什麼謊言欺騙，什麼師徒義子，你知道我恨什麼就去做什麼……但你可知道我最恨的是什麼？不是你騙了我，而是你自以為這麼做是為了我好，但事實上不過是因為你想徹底擺脫我罷了。」如瑄把頭靠在他的頸邊，笑著對他說：「百里寒冰，我最恨的是你總想要兩全其美，卻從未問我要不要這『兩全其美』。你從來都只為自己考慮……」

百里寒冰沒有為自己辯白，但顯然不贊同他的說法。

「你知道嗎？我現在就想痛痛快快地大哭一場，可偏偏哭不出來。想想也不是受了什麼天大的冤屈，只不過是自作多情罷了。自作多情被拆穿了，最多也不過尷尬羞愧，哭天搶地就顯得做作了。」如瑄繼續對他說，「其實過分自作多情的人很無聊可笑，換成是發生在別人身上，我可能還會冷嘲熱諷一番，說這是咎由自取。只是發生在我身上，怎麼想也有點悽慘，所以我就不笑自己了，可到底也是沒有該哭的理由。」

百里寒冰目光閃動，不由自主地看向他。

「現在說這些好像沒什麼意思。」如瑄自顧自地說著，「我投入你門下的確是居心不良，但這次你也把我騙得很慘，也算是扯平了，好嗎？」他頓了一頓，輕聲地問：「現在一切都跟著那本書燒成了灰燼，不如我們也從頭來過……好嗎？」

「不可能的，我和你之間不可能有其他感情。」百里寒冰的回答依然沒變，「我對你始終只有師徒之情，對我來說，你就和雨瀾如霜一樣，只是個值得疼愛的徒弟。」

「我知道。就是因為知道你這麼想，我才一直不願讓你知道……可既然都到了這個地步……」如瑄靠在他肩上，扳過他的臉讓他看著自己，「好，那你我相互憎恨好了，就像你想要的那樣。」

百里寒冰終於變了臉色，因為如瑄的手正沿著他的脖子探進了領口。

「你不是想知道我要做什麼嗎？這千載難逢的機會，你說我會想做什麼？」如瑄在他耳邊嘆了口氣，「想來想去，與其被你這樣關心愛護著，倒不如被你恨著還更好過些。不如就趁現在，做一做會讓你恨一輩子的事情好了。」

百里寒冰只覺得全身上下每一根汗毛都豎了起來。

「你快住手！」如瑄的手指冰涼，轉瞬滑過他的鎖骨，讓他再沒辦法鎮定下去。

「你放心，我不會傷到你的。」和手指的溫度相反，如瑄呼出的氣息倒是炙熱燙人，「這點自信我倒還有。」

「你一定會後悔的。」百里寒冰目光如劍，銳利得簡直可以把人刺傷，「你若真那麼做了，就再也挽回不了了。」

「那不正是如你所願嗎?不就是不能挽回才最好嗎?」百里寒冰此刻眼中散發出來的殺氣，足以令任何人心中發寒，但偏偏對如瑄毫無作用，「就算我會後悔，那也是之後的事了。」

百里寒冰閉上嘴，看他不再說話，如瑄倒是停了下來。

「明明是你自己不願意和我重新開始，還要相互憎恨的。現在你這樣看著我，倒像我犯了什麼大錯一樣。」如瑄用兩隻手捂住了他的眼睛，「不論我犯了什麼大錯，都會付出代價的，你就別……」

說到這裡，如瑄的聲音漸漸消失了。

「如瑄，你走吧。」雖然被遮著眼睛，但百里寒冰知道他心裡正在掙扎，「明天一早你就離開冰霜城，不論是去江南還是大漠，走得越遠越好。」

「然後呢?」

「你還不到二十，還有著大半的歲月。」百里寒冰對他說，「等再過二三十年，那時你再想起今時今日，只會覺得這不過是年少痴狂，毫不值得的。」

「是啊，我也一直在想，再過二三十年，自己會不會把這看成年少痴狂的傻事呢？那個時候，可能真是那樣……」也許是看不見的緣故，如瑄的聲音有些遙遠，「不過現在我倒是有另一個念頭，你說要是我不走，明天一早你怒而殺了我，我這年少輕狂是不是就就變成至死不渝呢？反正每個人少年時，都對『至死不渝』這四個字情有獨鍾，這也算得上轟轟烈烈……」

百里寒冰能夠感覺到他離自己越來越近，等他說到「轟轟烈烈」的時候，兩人已經到了呼吸可聞的距離。

「我還記得，第一次見到你的時候。」如瑄呼出的氣吹拂過他的嘴角，「那天下著很大的雪，我覺得很冷很冷，你一臉著急地把我摟在懷裡……雖然我還不確定你就是我要等的那個人，但那時候我想是不是都沒關係了，我想留在這個人身邊，一個那麼美麗、那麼溫柔的人身邊……」

有什麼落在唇邊，百里寒冰還在思考那是什麼，腦子卻因為如瑄接下來的舉動而變得一片空白。

如瑄的嘴唇柔軟而濕潤，味道卻有點腥鹹，有點苦澀……

那溫潤觸感停留在唇邊的時間很短，又或者很長。百里寒冰張大眼睛，愣愣地看著俯首相就的如瑄。如瑄也睜著眼，用黝黑深邃的眼眸和他對視。過了不知多久，他感覺到如瑄的嘴唇輕輕顫動，似乎聽見他說了一聲：「我好恨……」

恨什麼如瑄沒有說出來，但百里寒冰卻很清楚。

如瑄恨他。

「為什麼？」他忍不住反問如瑄，「就算你再怎麼愛慕我，可我不想接受你，難道就是犯了什麼錯嗎？」

如瑄離開了他的嘴唇，眼中像是藏著千言萬語，最終卻只是說了個「不」字。

「不。」如瑄低下頭把臉埋在了他的頸邊，用力地吸了口氣，「這只是我一廂情願……」

百里寒冰想要說話，卻忽然微喘了一聲，如瑄抬頭看他的時候，笑容裡帶了一絲促狹。

「所以你若是求我不要碰你，我一定會心軟的。」他撩開百里寒冰耳畔的長髮，輕輕地咬住了他的耳垂。另一隻手也沒有閒著，已經靈巧地解開了百里寒冰的腰帶，探進了他的襯衣，「百里寒冰，你要求我嗎？現在還來得及……」

百里寒冰絲毫無法動彈，他渾身僵直地躺在那裡，咬緊牙關沒有出聲。

「你不會求饒，不會妥協，因為你是冰霜城的主人，因為你是百里寒冰。」如瑄拉開了他的衣領，一口咬在了他的脖子上，「這些我都知道……」

「看來你是決意如此了。」百里寒冰只用沙啞的聲音說了一句：「那麼從此刻開始，你我之間就恩斷情絕吧。」

有些溫熱的液體從如瑄的唇齒間溢了出來，滴落在百里寒冰漆黑的髮上。

「好。」他盯著那些血跡看了片刻，湊到百里寒冰耳邊低低地笑了幾聲，「那你也要記得，今夜之後我們就……」

他話還沒來得及說完，緊閉的房門忽然被粗魯地撞開，其中一扇還倒在地上，發出了轟然聲響。

「你是什麼妖怪？」有個難掩驚慌的稚氣聲音叫嚷著，「快些放開我們城主！」

百里寒冰聽到這個聲音，一口氣鬆了下來。如瑄慢慢從他頸邊抬起頭，唇上還帶著鮮血，一些血還沿著嘴角流淌下來，滴落在他臉上。如瑄看著他的目光帶著痴然迷離，好像渾然不覺有人破門而入。

「我們……」

「放開我們城主！」破門而入的那人動作極快，此刻已經衝到如瑄背後，一掌擊打在了如瑄後心。

如瑄往前倒在百里寒冰的身上，一口鮮血噴了出來，幾乎把百里寒冰雪白的衣領染成血紅。

「住手！」百里寒冰終於在來人第二掌劈下之前出聲制止。

「城主，你怎麼樣了？」來人連忙把「妖怪」從自家主人身上拉開，急著要把百里寒冰扶起來，「我去找我爹……」

「不急。」百里寒冰讓他把自己靠在床沿上，吩咐說：「漪英，你先別喊人，去取些冷水過來。」

白漪英應了一聲，慌慌張張地跑出去取水了。

如瑄趴在那裡咳了幾聲，他不諳武學，漪英那一掌讓他受了不輕的內傷。

「真是可惜。」他一時無力起身，勉強翻身躺在地上，捂住嘴笑了起來，「天總不遂我意……」

百里寒冰面色陰沉，一言不發地看著他又笑又咳血的狼狽模樣。

「如……如瑄哥……」白漪英取了水回來，沒想到仰面躺在地上的竟是如瑄，他頓時嚇得不知所措：「怎麼會是你，我、我不知道……」

他是起夜時經過附近，聽到城主房裡好像有奇怪的聲音，猶豫了好一會才決定過來窗邊看看。沒想到這一看，他竟看見武功蓋世的城主倒在地上，還有個人正在壓在城主身上。

在白漪英心裡，百里寒冰就像天神一樣。他一直覺得世上不會有人能夠打得過自家城主，加上看到那人像是在咬城主，馬上就覺得這一定是個妖怪什麼的。他想都沒想就衝進來救人，卻沒料到用盡全身力氣打到的那個「妖怪」，竟然會是平日裡待他極好的如瑄。

「沒事……沒事的。」看到這半大的孩子嚇得不輕，如瑄還反過來安慰他：「漪英你別怕……我沒什麼……」

他一邊說，一邊又嗆了些血出來。

「漪英，把水淋在我身上。」百里寒冰用一種冷漠的聲音，讓白漪英從慌亂裡驚醒過來。

「別——」如瑄從腰間取出一個盒子，「不能用涼水，這是解藥……」

白猗英看了看百里寒冰臉上的表情，才戰戰兢兢地從如瑄手裡接過盒子，走到百里寒冰身邊餵他吃了下去。

不過片刻，藥效就發揮作用，百里寒冰完全恢復了行動能力。

「猗英，你出去吧。」

白猗英聽到百里寒冰這樣吩咐，戰戰兢兢地往外退去，眼睛卻看向半臥在地面上的如瑄。

如瑄慢慢撐著自己坐了起來，也已經把唇邊的鮮血拭去，臉色看上去比剛才好上許多。

等白猗英出去之後，百里寒冰伸手關上房門，卻是許久都沒有轉過身來。

「我姓衛，出生在漳州衛家，家中人丁單薄，我的兄嫂也去世得早，留下了一個遺腹子，年紀和我差不多大。」如瑄有些滔滔不絕，「至於我的名字……」

「不要說話。」百里寒冰打斷了他。

「好，我不說了。」如瑄靠在牆上，笑著應了。

「今天晚上的事，我不想……」說到這裡，百里寒冰又停了下來。

「你不想追究？就當什麼都沒有發生過嗎？」

「我讓你別說話！」百里寒冰驀地轉身走了回來，臉上浮現著罕見的怒氣。

如瑄臉色一陣發白，又有血絲沿著嘴角流下。

「你出去吧。」看他這樣子，百里寒冰握緊拳頭，「你已經受了傷，我不想再出手傷你。」

「受傷……是啊，」如瑄用衣袖掩住嘴，低低沉沉笑著，「我已經受了傷……」

「你到底想讓我怎麼樣！」百里寒冰一拳擊出，擦過如瑄的臉頰，打到了牆面上，「非要逼得我殺了你才甘心嗎？」

他內力還沒有恢復，這一拳固然是在牆面上擊出一個大洞，但他的指節也濺出些許鮮血。

點點鮮血飛濺到如瑄臉上，他渾身一震。隨即卻伸出手，幫百里寒冰把頭髮撥到耳後。

「我也不想的。」他輕聲地嘆息一聲，「我根本不想這樣，可我不知道該怎麼辦，我不知道……」

「走。」百里寒冰揮開了他的手，「你出去。」

「好。」如瑄慢慢地把手收攏回來，「我走。」

百里寒冰退開幾步，冷眼看著他艱難地從地上爬了起來，扶著牆壁慢慢往外走去。

如瑄的手抖得厲害，試了好幾次才把門打開。他朝外看了一眼，沒有急著出去，反而轉頭去看站在身後的百里寒冰。

「看來，今夜倒是多事。」他往一旁退了一步，讓百里寒冰看見外面，「百里城主，看來這是來找你的。」

總管白兆輝遠遠地站在院子裡，一臉憂急地朝這裡張望著，看到門被打開，就匆匆忙忙跑了過來。

「出什麼事了？」百里寒冰迎了過去。

「稟告城主，雨瀾少爺忽然全身抽搐，昏迷過去。」白兆輝一邊走一邊說，看樣子很是著急。

「什麼？」百里寒冰一把拉住了他：「怎麼回事？不是已經好轉了嗎？」

「的確是那樣沒錯，可就在方才忽然昏迷過去，看情況比以前還要更加嚴重了。」

百里寒冰神情一凜，沒有急著趕過去，反而回頭看向身後。

在他身後，如瑄正靠在門上，笑吟吟地和他對視著。

子夜呉歌

第三章

「你做了什麼?」百里寒冰問他。

「我能做什麼?」如瑄反問。

「你在千花凝雪裡面動了手腳。」百里寒冰不是質問,而是肯定地說了。

「我不想和你討論那藥。」如瑄神色不變,臉上還是帶著笑容,「隨你怎麼想都好。」

「這些年裡,你在人前溫柔慈善的模樣,難道都是裝出來的?」

「彼此彼此。」如瑄垂下眼簾。

「你看出我在騙你,所以故意在千花凝雪裡下毒?」

「準確來說,我沒有下毒,只是在煉藥時少加了一味配劑。誰讓你忘了告訴我這藥不是你要吃的,我才『一不小心』忘了在裡面加上那味配劑。」如瑄冷冷地哼了一聲,「我雖然是有目的地潛入冰霜城,但這些年裡也從來沒做過對不起你的事。可你這次實在把我傷得太重,我怎麼能咽得下這口氣?百里寒冰,讓我來告訴你,到底什麼才叫真正的公平。」

站在百里寒冰身邊的白兆輝雖然不清楚狀況，但也知道必定是出了極為嚴重的事情。因為在他的記憶裡，百里寒冰從小到大，從來不曾有過這樣可以說是怒火中燒的表情。

百里寒冰深深地吸了幾口氣，才把心中翻騰的怒氣壓了下去。

「白總管。」他沒有理會如瑄，而是吩咐著白兆輝，「找城裡的大夫去幫雨瀾看看，不論怎樣都不能讓情況變得更壞。」

「是。」白兆輝也不敢多問，連忙領命去了。

百里寒冰往自己屋裡走去。

「你有什麼打算？」他走過之時，如瑄問他。

「我調息一會，等內力恢復以後就帶著雨瀾去追無思。」百里寒冰聲音冰冷，「衛公子，我冰霜城容不下你這等貴客，就請你自便吧。」

他走進屋內，從裡面把那還完好的半扇門掩上，將如瑄擋在門外。

如瑄對著面前那根本擋不住人的門看了許久，正揚起嘴角要笑，忽然感覺鮮血從喉嚨裡往外湧了出來。一時來不及吞咽，他只能側身舉起袖子，將血全數吐在了上面。

因為失血暈眩，如瑄退了幾步。他靠著走廊裡的柱子慢慢坐到地上，從懷裡取出些藥吞下。稍微好過一些的時候，他睜開眼睛，看到飛簷外滿天星光燦爛，一輪明月高掛天邊。

周圍靜謐非常，連半點風聲也沒有。

「此時相望不相聞，願逐月華……」他念了半句，停下來搖頭，「我這是在做什麼……」

都是和司徒朝暉廝混久了，才染上了這種動不動傷春悲秋的毛病。

「沒什麼事，我沒什麼事。」他告訴自己，「衛泠風，你別看得太重，它自然也就變輕了。」

人的知覺果然常常有誤，這一夜對如瑄來說本是漫漫長長，好像怎麼也到不了盡頭。但現在他一個人坐在這裡，卻又覺得時間過得好快。他感覺也沒過多久，眨眼之間東方卻已有了泛白的跡象。

算算時間差不多了，他動了動手腳，站起來把沾滿鮮血的外袍脫下來捲成一團，隨手扔在角落，然後舉手敲門。

門裡的人當然不會回應，如瑄敲過三次後，便自己推開了那半扇虛掩的房門。

「衛公子怎麼還沒走？」百里寒冰坐在桌邊冷眼望著他，「還有什麼話沒對我說完嗎？」

「你不是要出門嗎？」如瑄的語調平常，「讓我幫你梳頭，我不會說話惹你心煩的。」

也不知百里寒冰心裡的想法，不過他沒有出聲拒絕，如瑄便撩起下襬跨進門檻，一步一步朝他走去。

如瑄的動作很慢，也不像往日那般輕盈靈巧，其間還不時捂嘴咳上幾聲。花費了不少時間，他才幫百里寒冰梳好髮髻。但要往髮間飾上玉扣的那一刻，他一時沒抓穩，不慎讓那精美脆弱的蝴蝶滑出指尖。

如瑄伸手去抓，卻沒能抓住，百里寒冰本來有機會抓住，但他沒有動手。最終，兩個人眼看著蝴蝶玉扣碎成一地。

如瑄一愣之後蹲下身子，要去撿那些碎片。一片白色的衣角從他手上拂過，只見百里寒冰踩過滿地碎玉往門外走去。

百里寒冰走到門邊，回頭對他說：「你快些離開吧，等我回來的時候，不想再見到你。」

「你回來之後，就不會再見到我了。」如瑄站起來，朝他微微一笑。

如瑄的這個微笑，百里寒冰記得十分清楚。

那笑容柔和，目光溫暖，就像是許多年前的那一天，在寒冷冰雪中初遇之時，打動了他的那種目光和微笑。

明明沒什麼不同，心境卻早已不復當初，這時在百里寒冰眼裡，這個笑容裡帶著得意和嘲諷。他怕自己無法克制怒火，會做出令自己後悔的事來，他握緊手裡的劍，頭也不回地走了。

那時，如瑄就站在陽光還沒有照到的屋裡，默默地看著……

百里寒冰站在冰霜城莊嚴的黑色大門外，神情有些呆滯。

而讓他如此失態的，是懸掛在冰霜城黑色大門的兩盞白燈籠。

他離開也不過幾天的光景，一回來就看到門外掛著治喪的燈籠，一時怎麼也猜不到城中出了什麼事。他走到門旁，又抬頭看了一會，才舉手拍動門環。

穿著一身素服的白兆輝親自開門，看到是他回來了，問候一聲就低下了頭，臉上的表情似乎非常為難。百里寒冰倒沒有急著追問，他進門以後就往大廳走去。白兆輝跟在他後面，好幾次欲言又止，卻怎麼也說不出口。

「城裡出了事為什麼不通知我？」百里寒冰看著一路上懸掛的哀燈白綾，眉頭越皺越緊。

「這……」白兆輝吞吞吐吐地回話，「不是屬下不想通知，只是……只是衛公子他……」

「衛公子？」百里寒冰一時沒聽明白，轉念才想起他指的是誰，「我不是和你說，他和冰霜城已經沒什麼關係了。這個地方到底姓百里還是姓衛，白總管你連這一點都分不清了嗎？」

「城主，屬下說的不是如瑄公子。」白兆輝嚇了一跳，連忙為自己辯解，「那位衛公子是在如瑄公子……才來到城裡……」

百里寒冰無心聽他在說什麼，說話間，他們已然快到了大廳，他隱約能夠看見大廳裡一片淒清冰冷的白色。

「你什麼時候變得這麼囉嗦了？」百里寒冰停下腳步，「白總管，是什麼人死了？」

「城主……」白兆輝的臉色十分難看。

「到底為什麼要布置靈堂？」他的語氣不由嚴厲起來。

「城主，是……瑄少爺他……他……」

「白總管，你在說什麼？」百里寒冰抿緊了嘴唇，「我問你城裡出了什麼事，你總是提他做什麼？我不是讓他走了，難道他還賴在城裡嗎？」

「城主，瑄少爺沒走。」白兆輝咬了咬牙，總算是說了出來：「他是死了。」

百里寒冰往後退了一步。

「死了？」他又問了一遍：「白總管，你說誰死了？」

「是瑄少爺。」白兆輝低著頭嘆了口氣，「若是城主你早一日回來，興許還能見他最後一面。」

「不可能。」百里寒冰搖頭，「我走的時候他還好好的，不可能……」

「瑄少爺他……城主出門以後，瑄少爺氣色一日不如一日。」白兆輝沉著臉，一字一句地說，「昨日夜裡，瑄少爺吐血吐得厲害，我找了所有能找到的大夫，但是天明時分，瑄少爺還是撒手人寰了。」

「不會的，不會的，他是受了傷，可是……」百里寒冰嘴裡這麼說，但也想到那天晚上，如瑄像是吐了許多的血。

那晚……那晚如瑄是被漪英打了一掌，但漪英的功力尚淺，就算用盡全力也不可能讓他吐血吐成那樣。

「我沒有動手，我沒有……」百里寒冰腦中亂作一團，根本不知道自己在說什麼，「是誰傷了他……是誰……」

他一把揪住白兆輝的衣領，聲色俱厲地問：「是誰傷了他！」

「瑄少爺是……」白兆輝被他嚇壞了，好一會才說：「他是中了毒。」

「毒？誰下的毒？」百里寒冰心裡慌亂起來，「如瑄……如瑄他在哪裡？」

「就在廳裡……」

白兆輝話還沒說完，眼前一花，已經不見百里寒冰的身影。

百里寒冰瞬息之間就衝進大廳。

他一眼就看見背對大門站在靈臺旁的身影，高懸的心頓時猛地回到原位。

「如瑄。」

他抓住那人的肩膀，感覺到衣物下溫熱的鮮活血肉，忍不住長長地呼了一口氣。

「你就是百里寒冰？」

「如瑄」的聲音聽起來有些奇怪，讓百里寒冰不由自主地鬆開了手。

「我姓衛，是這個人還活在世上唯一的親人，我來，是來帶走他的屍身。他的屍骨，不應該由仇人來安葬……百里城主你別誤會，這仇人不是我說的，是他在信上說不願意被『視他為仇人』的人安葬。」「如瑄」轉過身，把手裡的香遞了過來，「不過你回來得正巧，還來得及給他上一柱香。」

雖然面貌身形有幾分相似，但眼前這個少年的神情裡透著刻薄，一看就知道不是如瑄。

「如瑄……」

「不是在那裡嗎？」少年也不見悲痛憤怒，還對百里寒冰笑了一笑，「他沒能等到你，心裡應該正遺憾著呢。你就燒柱香給他，讓他好好『含笑九泉』吧。」

他刻意把「含笑九泉」四個字說得怪腔怪調，好像在嘲笑百里寒冰一般。

「他不會死的。」百里寒冰望著廳中的黑色棺木，哪有心思理會他在說什麼，「他一定沒死，快點把他還來。」

「百里城主真愛說笑，這世上的人哪有不死的？」少年捂住嘴笑了一聲，「真是對不起，我可沒本事把他變活還你。」

百里寒冰不想和少年囉嗦，舉掌就要往棺蓋拍去，卻在半途被不知從什麼地方冒出來的黑影截住了。

那是一個全身上下裹著黑布，看不清模樣的怪人。他似乎修習了一種奇異的武功，呼吸和心跳幾乎處於完全斷絕的狀態。加上百里寒冰情緒不定，一直沒有發現屋中有這樣的高手潛伏。

兩人轉眼之間交換了不下十招，竟是平分秋色。

百里寒冰無心和這個武功高強的黑衣人纏鬥，一掌逼退對方之後，反手拔出腰間長劍。手裡拿著劍的百里寒冰，世上有幾人敢與之正面對決？可那黑衣人非但沒有絲毫怯意，反而一副躍躍欲試的模樣。

「啞巴，別攔著他。」那和如瑄有幾分相似的少年出了聲，「讓他看清楚也好，省得日後麻煩。」

在少年說完之後，那黑衣人即刻變得殺氣全無，一閃身就回到廳裡光線最暗的角落。

那黑衣高手武功之詭譎，殺氣之凌厲，是百里寒冰生平僅見。若是換了平日，找到這樣難得的對手，他一定不會輕易放過，但這時他心裡什麼念頭也沒有，只想著證實如瑄是生是死。

可被攔下了一回之後，他再看著那黑色的棺木，心裡卻開始猶豫動搖，不再急著上前查看。

要是打開了以後，裡面真的是……

「啞巴。」少年見他猶豫不決，冷笑著說，「百里城主手軟了，你幫他一把吧。」

那黑衣高手隨即無聲無息來到了棺木之前，輕鬆地把棺蓋揭開放到一旁，然後又回到藏身的角落。也不知道他用了什麼手法，其間竟是一點聲音也沒有發出。

「他是不是真的死了，你自己看看就知道了。」少年用一種冰冷薄情的語氣說，「如果他沒有死乾淨，你就給他補上一劍。我來這裡沒有準備帶走活人，只是過來收屍。」

如瑄閉著眼睛躺在那裡，安安靜靜的，根本不像死了，一點也不像。

他還記得自己離開前，如瑄幫他梳頭的時候，如瑄看著自己的目光。如瑄是在恨自己騙了他，但是……怎麼會死？

百里寒冰伸出手，碰了碰那蒼白之中泛著灰色的臉頰。

好冷……如瑄他好冷……

「他總是我叔叔，我也不好說什麼，可他這一死還真是死得沒什麼價值。」少年很是感慨，「都說他是衛家少有的奇才，但他這一死，除了證明聰明的人都不長命以外，完全就是一個天大的笑話。」

百里寒冰的手指放在如瑄頸邊，臉色越來越難看。

「百里城主還是不信他死了？」少年笑著問，「那不如讓我剖開他的身體給你看看，等見到那些爛了的五臟六腑你總會信了吧。」

百里寒冰正想把如瑄從棺材裡抱出來，聽到這句話便停了下來。

他的目光停留在如瑄發紫的嘴唇上：「是誰下的毒……」

「百里城主你別誤會，沒有什麼人下毒。」少年手裡不知什麼時候多了一把雪亮的小刀，在那裡拋拋接接，「再說世間毒藥，也沒什麼能和我衛家的『千花凝雪』相比的了。」

百里寒冰抬起頭。

「你果然不知道啊。」少年轉動著手裡的刀子，笑嘻嘻地對他說，「書上一開始就說『千花凝雪，似藥是毒，回生起死，蝕骨腐心』。所以這千花凝雪先要成劇毒才能為奇藥，救一人就要先殺一人。」

「你說什麼？」

「《藥毒記篇》啊。」少年仰著頭，頗為自得地說，「那可是我衛家的傳世寶物，雖然只有半本，但上面可都是絕妙的藥方，說是稀世珍寶也不為過。」

「千花凝雪到底是毒還是藥？」

「你可知道，千花凝雪的藥方對於衛家的子孫來說，代表著何種意義。這一生，除了有血緣關係的親人，我們只能用這個藥方救自己的妻子。」如瑄的影子和眼前的少年重疊在了一起，就彷彿是如瑄在對他說一般，「千花凝雪等同於我們的性命。我們曾對著祖先立下毒誓，如果用它來救和自己毫無血緣關係又或並非至親之人，那麼也會因為千花凝雪的毒性而死──」

那死字被拖得很長，少年看著百里寒冰，慢慢收起了刻意裝出的笑容：「叔叔也發過同樣的毒誓，他違背誓言，所以才會有這樣的下場。」

百里寒冰面無表情地聽著，直到聽見這一句，眼角才抽動了一下。

「不會吧，你居然信了？」少年看到了，故作吃驚地問，「百里城主，難道你還真信這世間會有什麼報應？」

「不是嗎？」

「當然不是，說是什麼毒誓，至多就是個警示罷了。」少年冷冷地哼了一聲，「這個誓言是說，煉製千花凝雪是要死的，世間生命固然可貴，但自己的性命也要好好珍惜。所以除非是至親至愛，不相干的旁人根本不需要考慮。

「我母親當年中了毒，我父親為了救她，煉製千花凝雪而死。不過他們兩個註定了是同命鴛鴦，我母親沒過多久也跟著去了。其實那也不算什麼，只是叔叔當時受了很大的刺激，他說救一人死一人，死了的那個倒也算了，但那個被救活的，餘生都會在歉疚痛苦中度過，所以這種藥根本沒有任何意義。」少年嘆了口氣，「所以他立誓要找出化解毒性的辦法，還說若是做不到，就要讓煉製千花凝雪的方法在世間斷絕。但誰想天意弄人，他最後還是應了衛家的毒誓，因千花凝雪而死了。」

越聽他說，百里寒冰的臉色越是嚇人。

「看城主的樣子，我叔叔救的那個人，一定和你有關吧。」少年安慰他，「你也不用介意，那是他自己願意的。他救的那個人，一定是他在世間的至愛，心甘情願用命交換的人，不需要別人為他難過。」

「不要說了……」

「一旦決定煉藥救人，其實就是決定要用自己的命救另一個人的命了。不是至親至愛，又有誰會為了一個毫不相干的人死去呢？」少年站在棺木邊，對著死者大聲嘆氣，「叔叔啊，我真沒想到你這樣不解風情的人，最後居然會為情而死，真當浮一大白……」

百里寒冰不想再聽他說下去，反手一劍刺了過去。

角落裡的黑衣高手似乎早有防備，在百里寒冰手指微動之時就撲了過來，在他劍尖刺中前，就已經抱著少年退至遠處。也是百里寒冰沒有真的起殺心，只想讓他住嘴，不然那黑衣人動作再快，少年恐怕也已經身首異處。

直到百里寒冰收劍回鞘，那黑衣高手才把少年放回地上。看著百里寒冰失魂落魄地走出大門，少年的嘴角再次浮起冷笑。

「這世上一物有一物相克，所以沒什麼有形之毒是不能解的。」他低聲地說，「這千花凝雪最多只能算是債，是不論什麼時候，遲早總也要歸還的情債。」

那如幽靈一般的黑衣人已經重新蓋好棺蓋，站在一旁靜靜地候著。

百里寒冰，你不知道吧，其實如瑄心裡一直愛著一個人，愛得很深很深。但那個人是如瑄不該愛不能愛、就算愛上了也不能說的人。他那麼無聲無息地深愛著，寧願痛苦難受也不想對方知道……那麼傻的如瑄，我想起了都會替他心痛。

百里寒冰，我不知道你到底是真遲鈍還是假糊塗？因為我不信你會不知道，你只是假裝自己不知道而已，因為你怕失去他，就好像他不願意讓你知道，就是怕失去你……我想做什麼？我想讓你躲著他、避著他，一世再也見不到他。因為我愛他，他卻讓我痛苦傷心，所以我要讓他和我一樣難受，甚至難受百倍千倍。

這有什麼好奇怪的？我們唐家的人，心腸一向自私狠毒。不過想想，我們三個人裡，始終還是如瑄最苦。他愛得太深太重，我相信如果有一天，你讓他去死，他也會毫不猶豫地為你而死的。

百里寒冰，你有什麼好的？你有什麼好的……

「我有什麼好的？」百里寒冰站在如瑄房裡，對著空蕩蕩的房間問著。

當然，沒有人會回答他。

能夠回答他的那個人正躺在冰冷的棺槨裡，接著會被埋進漆黑的地下，也許用不了多長的時間，就會變成一堆白骨。此時，陽光照耀在什麼東西上，在他眼角折射出溫潤的光澤。他看了過去，看到床頭上放著一雙蝶形的玉扣。

一只完好無損，另一只卻碎痕遍布，分明是有人花費了很長的時間，把無數細小碎片拼到了一起。

「他說了什麼嗎？」百里寒冰站在床邊，低頭看著那雙玉扣。

「昨天早上如瑄少爺沒有吐血，精神也比前些天要好多了。不過沒怎麼說話，一直都在看著這對玉蝴蝶。」一直跟著他的白兆輝就站在門外，聽到他問趕忙回答，「他只對我說他身無長物，死後就把這只完好的玉蝶換口薄棺，到時自然會有人來領他的屍身。」

「他有提到我嗎？」

白兆輝沒有作聲。

「沒有啊……」

百里寒冰坐在如瑄的床上，默默地看著那雙蝴蝶。

子夜呉歌

第四章

隔年正月，百里寒冰與謝揚風，兩位當世最負盛名的劍客決戰於泰山之巔。

謝揚風不知為何功力大損，在落敗之後折斷自己的佩劍，跳下了萬丈絕壁。而跟著他一起跳下去的，還有月無涯。

月無涯跟著謝揚風跳下去的時候，說了句話：**活著的時候我都纏著你不放，難道你以為死了我就會放過你嗎？**

百里寒冰眼看著他們一前一後跳了下去，聽那句話仍在自己耳邊縈繞不休。

死了也不放過……

他在崖邊站了許久，最後把冰霜城的傳世寶劍冰霜扔下山崖，轉身下了泰山。

回到冰霜城後，百里寒冰走進劍室。他坐在窗邊攤開一直緊握的手掌，掌心裡是冰霜劍的劍穗。

劍被他扔下懸崖，劍穗卻被他取了下來。

他看著劍穗上的飾物，忽然想起有一年，如瑄因為練武不得法，連著幾晚高燒不退。

那氣息奄奄的樣子嚇壞了所有人，連大夫都說只能聽天由命，他一度以為如瑄就再也醒不過來了，急得不知該如何是好，只能跑到祠堂跪了一夜，請求百里家的先祖保佑如瑄平安。

幸好如瑄最終醒了過來，但從那個時候開始，他就再也不許如瑄練武。他那時想著，只要如瑄健健康康，就算不會武功又有什麼關係？反正還有他在，只要有他在，誰能傷害得了如瑄？

到底是為什麼？到底是怎麼了？怎麼偏偏是自己，把一直疼愛著、希望他平安健康的如瑄……

冰冷的玉石忽然變得燙手，百里寒冰再也握不住，只能把它放在桌上。

映著月光再看，青色的劍穗絲絲縷縷繞著那只玉蝶，就好像要把蝴蝶纏得支離破碎。

他猛地站起身，仰倒的椅子又撞翻了一邊的案几。

一個裝著糖果的漆盒滾到他的腳邊，裡面裝著的綠色糖果全部撒了出來。看到漆盒襯底的白布之下隱約露出了什麼東西，百里寒冰愣了一下，慢慢彎腰撿起漆盒。

盒底是一張疊好的信箋，他拿在手裡好一會，才將它展開。

上面是熟悉的字跡，只寫了寥寥幾句。

他的身世，他的苦衷，居然用這短短的話語就說得清楚明白。那缺失的一味，原來也早就交到了自己手上。他希望自己能夠諒解，他說頓首拜別……

好像聽見有人說話，百里寒冰抬頭看向門口。

他的手抖了一下，那張薄薄的信箋飄落到地上。

門大開著，銀輝遍地，月華似雪，卻是不見半個人影。

岳陽樓下，洞庭湖邊，正是春暖花開的大好時節。

衛泠風卻手足冰冷，頭暈目眩，宛如置身夢中。不是因為舊疾復發，而是為了此刻扶著他的這個人。

冰霜城的城主，天下第一的劍客，這個人有著超凡脫俗的容貌，出神入化的武功，溫柔和氣的性格，不可計數的財富，是人人憧憬仰慕的出色人物。但在衛泠風眼裡，就算是地獄中的牛頭馬面，都不及這人萬分之一可怕。

「百里……寒冰……」他閉上眼睛，不想再去看這個耀眼奪目的人。

「是我。」百里寒冰聽他喊出自己的名字，禁不住地笑了，「如瑄，看看你這樣子，這些年定然過得不太順心。你放心好了，今後我會好好照顧你的。」

「不……我不要……」衛泠風才掙扎一下，轉瞬間就被封住穴道，立刻倒在他懷裡不能動彈。

「我知道你見到我自然是開心的，不過你身子不好，千萬不要激動。」並沒有多大改變的百里寒冰，在陽光中依然俊美得令人無法直視，「如瑄，我仔細想過了，你始終是我最疼愛的徒兒。從這一刻起，不論以前發生過什麼事，我們就當全都忘了，可好？」

雖然已經過去十年，雖然覺得記憶慢慢淡去，雖然一切都好似前生的舊事……但說忘記，又怎麼可能真正忘記？

可這個相隔十年之後又再次出現的人，用談論天氣的口吻要讓他把過去忘了，好像那根本算不上多麼嚴重的事情，好像一切都只是場荒唐鬧劇。

衛泠風閉上眼睛，只覺胸口冷冷冰冰、空空蕩蕩……

「啊——」百里寒冰倒抽一口涼氣，連臉色都變了。

只是因為一個小到不足掛齒的傷口，百里寒冰便露出驚慌失措的表情，更不用提那傷口根本不是在他自己身上。此時若有旁人在場，一定不會相信自己的眼睛。衛泠風也不信，他一直覺得眼前不過是自己正在做的一場惡夢，只要等到夢醒了，這可怕的一切就會不復存在。

「你痛不痛？」百里寒冰丟開凶器，慌忙用乾淨的軟布替他按住臉上的傷口，「我實在太不小心了。」

百里寒冰也不能算是養尊處優，但幫旁人刮鬍修容這種事情，他也從來沒有做過。一代劍神棄劍用刀，難免有些笨手笨腳。

「你……不必如此……」衛泠風本想裝著看不見聽不到，但百里寒冰的表現實在太過嚇人，讓他完全無法裝聾作啞。

「你看，這樣子才像你。」百里寒冰拿開軟布，把銅鏡遞到他面前。

眼見銅鏡裡映出那張陌生又熟悉的臉，衛泠風猛地打了個寒顫。

「年紀輕輕的，學人蓄什麼鬍鬚。」百里寒冰把鏡子塞到他的手裡，「這樣不是很好嗎？」

衛泠風一甩手，把鏡子往地上摔去。也沒看到百里寒冰怎麼動作，鏡子在落地之前，就已經到了他的手中。

「怎麼了？」百里寒冰把鏡子放在一旁的桌上。

「百里城主，請自重。」衛泠風側過臉避開，冷淡地問：「既然你都說恩怨勾銷，為什麼又拘禁著不讓我離開？」

「如瑄你說什麼呢？」百里寒冰皺起眉頭，「什麼恩怨什麼拘禁，這從何說起？」

「那我要走，想必百里城主也不會阻攔吧。」衛泠風站了起來。

「好啊。」百里寒冰笑容滿面地朝他點頭，「你想去哪裡都好。」

衛泠風掉頭就往門口走去。

「你跟著我做什麼？」

直到走出客房，穿過花園，走到大廳裡的時候，百里寒冰還是緊跟在他身後，衛泠風只能停了下來。

「如瑄，你想去哪裡都沒關係。」百里寒冰一步跨了過來，「你這些年孤身在外，我始終放心不下。現在好不容易找到你了，我定是要好好照顧你的。」

「百里寒冰，你到底要做什麼……」

「如瑄。」百里寒冰拉起他的手，「我發了誓，從今往後不會再讓你受半點委屈。」

「不要喊我如瑄。」衛泠風用力抽回了自己的手，「你現在這般做作有什麼用？那個你口口聲聲喊著的『如瑄』早就已經死了。」

這裡是岳陽最大的酒樓，此時又是午間最熱鬧的時刻，大廳裡滿是食客，衛泠風這一聲喊得響亮，一時間樓上樓下一片靜悄，幾十人的目光都聚集在他們身上。或者準確地說，那些目光都集中到了百里寒冰身上。

「別跟著我。」衛泠風退了幾步，轉身快步走出大門。

百里寒冰被他喊得呆了一陣，回過神見他已經出了門，急忙舉步追上去。但走到門口，門外卻湧進不少人來，把他堵在那裡進退不得。

來人多是些衣著光鮮的少年公子，都是酬祭洞庭湖神散場之後，來酒樓裡喝酒作樂的。這些人正興致高昂，此刻和百里寒冰迎面一見，頓時生出驚為天人的感慨，不自覺把他團團圍在中間。

「這位公子不是本地人士吧？」他們其中一個被推出來搭話，「今日我們一眾岳陽學子正巧在此集會，見到公子如此風采不凡的人物，心中著實仰慕，不知可否……」

「請讓開。」百里寒冰對面前的人輕輕頷首，臉上還帶著笑容，「我若不追，他就走遠了。」

「這位公子……」

「若是如瑄又不見了，那該怎麼辦呢？」百里寒冰問他，「你賠得起嗎？」

「如瑄？」那人被他問得一頭霧水，「不知公子指的是……」

「諸位還是讓開吧。」忽然間，有個聲音從旁插了進來，「別讓人說這岳陽的學子們，和那些喜歡強人所難的粗魯之徒是一般模樣。」

那些少年公子哪能聽得這樣刺耳的話，齊齊轉頭去瞪那說話的人。可一看之下，也是齊齊生出了怯意。

那一桌坐著的人，都身著淺青外袍，腰間繫著一塊綠竹腰牌，人人手邊皆有一把連鞘長劍。在洞庭湖一帶，縱然不是武林中人，也都知道做這種打扮的只有君山上名劍門的子弟。

眾人你望我、我望你之間，不知不覺退開了一條路，讓百里寒冰走了出去。

那說話的是一桌人中最年長的一個，他目送著百里寒冰的身影消失不見，暗自鬆了口氣，發覺自己在桌下握劍的手心已經滿是冷汗。

「八師叔。」等那些人散去後，座中最年輕的人驚訝地問他：「你認識那個出去的人嗎？」

「師弟，你說呢？」被叫做八師叔的人沒有答他，而是表情嚴肅地問手邊另一個人。

那名師弟同樣神色凝重：「縱觀世上，有如此功力又符合此等樣貌的，也只有冰霜城的城主百里寒冰了。」

桌上其他人聽了，都是聞之色變。

「他是百里寒冰？」年輕一些的弟子們已經握著劍站了起來。

年長的那人皺眉斥喝：「你們這是要做什麼？」

「如果他真是百里寒冰，那我們要為掌門師伯報當年的一劍之仇。」其中一個人說了，其他年輕的弟子們紛紛點頭附和。

「簡直胡鬧，都給我坐下！」年長的那人一掌拍在桌上，聲音不響卻把那些低一輩的弟子們嚇了一跳。

「好了好了，快坐下吧。」另一個沒站起來的師弟也跟著開了口，「百里寒冰可不同於那些浪得虛名之輩，就算我和你們八師叔聯手，也許都捱不過百招。換了你們這些不知死活的初生之犢，恐怕連劍都沒拔出來就把命丟了。」

這位九師叔在門中負責管理眾人的飲食起居，因為心腸軟又沒什麼架子，向來人緣極好。比起嚴厲寡言的八師叔，低一輩的弟子們都和他更親近。大家這是第一次看他扳起臉來，只能乖乖坐下，不敢作聲。

「十招。」那個八師叔臉色有些發青，聲音低沉地說，「就算你我聯手，至多只能擋他十招。」

「八師叔，你不是開玩笑吧？」低一輩的弟子們自然不信，要知道在名劍門裡，同輩之間是按照武功來決定排行，這兩位師叔在同輩四十幾人中排行八九，劍法之好自然可想而知。加上他們兩人是出自同一師父門下，進退之間極為默契。若他們聯手，恐怕除了掌門以外，其他排行靠前的師叔師伯們都未必是對手。

「比起當年在泰山之上，今日的百里寒冰更是深不可測，我說十招已經是抬舉自己了。」八師叔嘆了口氣，「若單論劍法，你們的掌門師伯自然不遑多讓，但掌門他傷勢沉重，直到近年功力才逐漸恢復。要是此刻和百里寒冰比試的話，結果……」

他沒有說下去，但言下之意卻是人人都聽得出來。而聽他這麼一說，低一輩的弟子們都不敢再亂說話了。

「不過師兄，你覺不覺得這其中有些古怪？」九師叔若有所思地問，「百里寒冰雖然向來恃才傲物，不過為人倒說得上坦蕩磊落。即便方才他似乎想要動手，也未必會傷害那些不通武學的書生吧。」

「我也在猶豫，但百里寒冰眼中的殺意卻是千真萬確……」

聽到這裡，九師叔忽然「呀」了一聲：「師兄，你說近些年關於百里寒冰的傳言……」

百里寒冰自從在泰山上勝了謝揚風後，在江湖人眼中的地位越發崇高，但與此同時，也有個無法證實的消息開始在暗中流傳，說是這位驚才絕豔的冰霜城主……

原本晴朗的天空不知什麼時候籠上了陰霾，不久便淅淅瀝瀝地下起雨來。這雨來得突然，行人們都找地方避雨去了，街上顯得有些空蕩。

雨越來越密，很快打濕了衛泠風的頭髮和衣裳，模糊了他的視線。他在雨中不停走著，既辨不清方向，也不知該往何處，最終停下來的時候，才發現自己站在一座橋的中央。

他忍不住舉目四望，見到雨中樓閣隱約，竟有幾分似是身在煙雨江南。終老山林，不相往來……終究只是幻夢一場。

「到底是為什麼？」他轉過身，問那個被雨濕透卻依然緊跟在自己身後的人，「久別重逢教人如此難堪，為什麼你不能裝作不認識我呢？」

「但我認識你。」縱使隔著風雨，百里寒冰的聲音依然那麼清晰穩定，「你是讓我眼睜睜看著你掉進湖裡嗎？」

「百里城主難道已經忘了？我們在十年之前就已經形同陌路，甚至在心裡埋怨著對方。」衛泠風退到橋欄邊，「你不是恨不得我永遠消失嗎？現在說出這種話，難道不覺得荒唐可笑嗎？」

「你怎麼會這麼想？」百里寒冰看著他弱不禁風的模樣，不自覺地往前走了幾步，「誰說我希望你消失了，是誰說……」

「你沒有說出口，你只說不要再見到我，可我知道你是說這一生都不要再見了。」衛泠風低下頭，「從小到大，我一直都很聽你的話，這一次自然也不例外。我答應永遠不再見你，就不會再見了……」

「胡說！」百里寒冰原本穩定的聲音忽然變得高亢起來，「什麼不要再見？我沒有說過那樣的話。我不會，不會的……我不會……」

說到後來，他的聲音漸漸低沉下來，最終消失在風雨聲中。漸漸地，一切聲音都被雨聲掩過。

跨越了十年的時光，兩個人站在同一座橋上，在綿密的雨中默默對視。漸漸地，雨水打濕睫毛阻隔了視線，但一個微笑漸漸浮上衛泠風的嘴角。

「其實已經過去這麼久，你活得很好，我也過得不錯，這就已經是值得慶賀的事情了。當初說了什麼、做了什麼，又有什麼區別？」他微笑著說，「這次重逢對你我來說是個驚喜，像上天安排要讓我們解開心結。我們就不要辜負上天的美意，不如各自轉身離開，就此告別過去可好？」

衛泠風說話的聲音很輕而雨聲很大，但他知道百里寒冰一定聽得十分清楚。說完這些，他覺得心裡一陣輕鬆，連呼吸都不再急促。

雨慢慢變小，迷濛的視線也漸漸清晰。百里寒冰站在小橋的那一頭，雖然被雨淋得濕透，臉上依然沒有顯露絲毫狼狽，襯著雨霧氤氳，依然好似天上的仙人。

十年，然後又一個十年，轉眼之間，也過去二十年了。

「那麼你保重了，有緣再見吧。」衛泠風自覺灑脫地轉身，拉了拉貼在身上的外衣，舉步往橋下走去。

「你去哪裡？」身後傳來百里寒冰的聲音。

「哪裡都好。」他頭也不回地答道，「我身心都無掛無礙，去哪裡不好呢？」

「不回來了嗎？」

「對我來說，什麼地方都是一樣的。」他似乎再一次看到了這些年總在憧憬的將來，「最好是終老江湖，埋骨青山……」

「不可以。」

衛泠風一愣，停在了最後的那級臺階上。

「不可以去那麼遠的地方，不可以去我看不見聽不到的地方……」

衛泠風覺得這語氣不太對勁，慢慢轉過身子。沒想他才一轉身，便眼前一花，又變成了動彈不得的局面。

「做什麼……」怎麼瀟灑分別轉瞬成了受制於人？

百里寒冰武功雖高，但向來不喜歡用武力強迫別人，可見面不到半日，自己卻已經兩次被他點了穴。他這是怎麼了？這十年的時間，是不是改變了什麼？

「你為什麼要點我的穴道？」衛泠風盯著彎腰抱起自己的百里寒冰，想要從他眼中看出些蛛絲馬跡。

「你以前總喜歡跟在我身邊，所以我沒想到……」百里寒冰的眼睛深邃平靜，望著他的時候還帶著一絲笑意，「沒想到我的如瑄，會變成一個不願回家的野孩子。」

為什麼說這種可笑的話？這是在取笑他嗎？又為什麼……為什麼會有這樣的眼神？在他的眼睛裡，怎麼還會存在這許久之前就已經消失的目光？

「幫我解開。」衛泠風冷著臉，認真地對他說，「我是我，你是你，不論我去哪裡都與你無關。」

「其他的事情晚些再說吧。」百里寒冰一臉無奈，「淋了這麼久的雨，不先洗個熱水澡的話，你會生病的。」

「你聽不聽得見我在說什麼？」看他裝模作樣的態度，衛泠風哼一聲，「高高在上的百里城主什麼時候也學會強迫別人了？」

「那是因為我在生你的氣啊。」話是這麼說，可百里寒冰的嘴角依然笑著，「你從小就乖巧貼心，可這次實在太不懂事了。不但離開那麼久，甚至連封信也不寫，你知不知道我有多麼擔心……」

子夜呉歌

第五章

衛泠風當然不知道，他根本不明白百里寒冰在說什麼。

「你說什麼？」他愣愣地問。

「我一直在擔心你啊。」百里寒冰皺著眉頭，眉宇間似乎還帶著埋怨，「看你瘦成這樣，也不知在外面吃了多少苦頭。」

衛泠風的嘴唇動了幾下，卻沒能說出話來。

「如瑄，你是不是……還在生我的氣？」百里寒冰有些小心翼翼地問他。

「生氣？」衛泠風喃喃地重複了一遍，反問他：「我生氣嗎？我生什麼氣？」

「如瑄，你別生氣了。」百里寒冰的臉上帶著討好，「是我不好，我不該把你趕走的，你就原諒我這一次，好嗎？」

趕走？不是裝在棺材裡當成屍體被抬出來的嗎？

「百里寒冰，你這是在說笑話嗎？」衛泠風勉強地彎了彎嘴角，「真是很不好笑……」

他到底是怎麼想的？怎麼還能夠說出這種話來？

「百里寒冰，你到底在想什麼？」衛泠風不知該笑還是該哭，索性閉上眼睛不去看他，「如果用一句原諒或不原諒就能化解一切，那我遠走天涯，這十年來不願回想的那些……到底算是什麼？」

「如瑄……」

「好，如果你堅持的話。」衛泠風呼了口氣，然後對他說：「百里寒冰，不論你要我原諒你什麼，我都原諒你，這樣總行了吧。」

百里寒冰看了他好一會，才低低地說了一句：「如瑄，我不是要逼你，我是希望能夠和以前一樣……」

「你希望？那你知不知道我希望什麼？」衛泠風不想在這個令他不舒服的問題上糾纏下去了，「如果你真的有意化解大家心裡的芥蒂，那就把關於我的一切都忘了吧。」

「忘了？怎麼可能……」

「那也不是很難，這十年裡，在顧雨瀾出現之前，我想起你的次數屈指可數。」衛泠風沒有睜開眼睛，「百里寒冰，你就忘了如瑄，忘了千花凝雪，忘了《藥毒記篇》，把所有的那些都忘了吧。」

「你在說什麼？」這次輪到百里寒冰問這個問題。

「別再說令我難堪的話了，行嗎？」衛泠風咬緊了牙關，「你究竟有多恨我？難道十年的時間，不夠讓你淡忘一切嗎？」

「我怎麼會恨你？你是我……」

「最心愛的徒弟？」衛泠風冷笑著接了下去，「這對你我而言，不都是很久以前的事情了嗎？再說，不過就是句空洞的廢話，為什麼總翻來覆去地提起？」

「如瑄，我自小看著你長大，難道就……」

「對，你看著我長大，你真的很看重我，但你不也是看著其他很多人長大，他們對你來說不是更加重要嗎？」衛泠風根本不讓他把話說完，「十年前，在你根本沒想伸手抓住那只玉扣的時候，我就明白一切都已經結束了。」

百里寒冰似乎被他說中了心思，許久都沒有出聲。

「玉扣……」許久之後，他才輕聲嘆了口氣。

「幫我解穴。」衛泠風冷淡地要求著，「不論你做什麼，也不能改變任何事了。」

「你說玉扣，是不是上次回來送我的玉扣？」百里寒冰邊說邊從懷裡取出一樣東西，「我的確不小心打碎了一只，但還有一只沒碎。」

衛泠風聽到這句話渾身一震，不由自主地朝他看了過去。

蝴蝶樣式的玉扣靜靜地躺在百里寒冰的手心裡，玉的表面異常光滑，顯然是常年被人撫摸才會如此。難道說這些年來，百里寒冰一直把這玉扣帶在身邊？

衛泠風才剛這麼想，便被百里寒冰接下去說的話嚇得呆住了。

「在你走了之後沒多久，我就想清楚了。紫盈會喜歡上你，其實我也有錯。」百里寒冰握住他的手，「如瑄，你就別再怪我了，跟我回冰霜城去吧。」

「百里寒冰，你在說什麼？」衛泠風心臟一陣急跳，覺得有什麼地方不太對勁，「那是什麼時候的事了，現在說那些又有什麼意義？」

「時間是過去了許久不錯，可你不還在記恨著這件事嗎？」百里寒冰皺起眉頭，「你怨我逼你離開冰霜城，於是一直躲著我，讓我怎麼也找不到你。這些年來我非常後悔，當初……」

衛泠風被嚇得不輕，百里寒冰見他臉色難看，連忙替他解開身上的穴道。

衛泠風一能活動，立刻推開百里寒冰往後退，一直退到了橋下的青石路上。

「你到底在說什麼？」他滿眼防備地望著百里寒冰，「百里寒冰，你在玩什麼花樣，我就知道你恨我……」

「我恨你？」百里寒冰的眉頭越皺越緊，「如瑄，你怎麼了？為什麼一直說我恨你？我怎麼會恨你呢？就算我讓你離開，也只是一時不知道該怎麼處理才好，因為紫盈她畢竟是我的妻子，而你又是我心愛的徒弟……」

「你等等——」衛泠風又退了兩步，「百里寒冰，你告訴我，這又關顧紫盈什麼事？」

「她得了急病，前些年就已經去世了。」百里寒冰嘆了口氣，「是我沒有照顧好她。」

「急病？」衛泠風越發聽不懂他在說什麼，只能瞠目結舌地望著他，「怎麼會是急病，她明明是……」

「別說她了，一提起她我就難過。」百里寒冰再嘆了口氣，「逝者已矣，我們活著的人應該看得更開些。」

沉重沒有停留多久，溫柔寵溺的笑容很快又重回百里寒冰的臉上。只可憐衛泠風被他嚇得眼前發黑，腦袋轟然作響，站在那裡完全不知作何反應。

「如瑄，你是怎麼了？」百里寒冰想要扶他卻又怕他生氣，猶豫了半天也沒敢靠近。

倒是衛泠風走了過來，伸手扣住他的脈門，過了好一會才面色有異地放開。

「你近年練功……有沒有什麼感覺異常的地方？」衛泠風問得不是很確定。

任他怎麼仔細辨認，指下的脈象還是綿長穩定，絲毫沒有紊亂失調的症狀。

「沒有。」百里寒冰搖了搖頭，「為什麼這麼問？」

「是啊，武功比起以前更高了。」衛泠風也不理他，自顧自地說：「如果說不是練武出了岔子，那又是什麼原因？還是根本……又在騙我？」

是的，是這樣的，一定是這樣的。

「百里寒冰。」衛泠風抬起頭，用冷淡的目光望著他，然後開口問道：「你是不是又想騙我？」

上一次是為了千花凝雪，這一次，又是為了什麼？

「百里寒冰，你也用不著費心裝瘋賣傻，你想從我這裡得到什麼，直接告訴我就可以了。」

我衛泠風何德何能，竟能讓百里寒冰花費這麼多心思？

「不管是千花凝雪還是我的性命，你想要就拿去吧。」

不論是什麼，於我來說都已經無關緊要了……

衛泠風嘴角帶著笑意，似乎是在嘲諷百里寒冰。百里寒冰沒有作聲，但眉頭越皺越緊。兩人對望著，直到衛泠風的笑容從臉上消失。

他也不知哪來的力氣，伸手揪住百里寒冰的衣領，把人拉到能與自己平視的位置。

「你到底想要我怎麼做？」衛泠風幾近咬牙切齒地問，「百里寒冰，你說啊！」

「我想……」百里寒冰抓住了他的手臂，「我想你該先洗個澡，然後好好地睡一覺。等你休息好了，我們再談其他的事情。」

他的語氣如此鎮定，說的話有條有理，一點也沒有異常的地方。衛泠風只覺自己用盡全力卻好像撞到一片軟綿之中，身體一下子什麼力氣都沒有了。

「我在做什麼？我到底在做什麼？我不要看到這個人，我早就不想再看到他了……」他喃喃說著，鬆開手往後退去。

但百里寒冰扣著他的肩膀，不容他轉身逃開。

「我擺脫不了他……」衛泠風看著那隻手，然後又搖了搖頭，「不，我可以的，我可以的。」

「如瑄……」

「百里寒冰，我一定可以擺脫你的。」衛泠風驀地抬起頭，眼中閃動著冰冷堅定的光芒，「我答應過阿珩要證明給他看，我是真的放開了忘記了不再留戀了。」

因為那冰冷堅定的目光，百里寒冰不得不放開了他。

「為什麼這麼看著我？」百里寒冰把手放回身側，握攏成拳，「如瑄，不要這麼看我，我和你不是仇人。」

衛泠風收回目光，一言不發地轉身下了橋。百里寒冰跟著他走了幾步，終究還是停下腳步。

街上的人多了起來，很快衛泠風瘦削的背影就被人群遮擋再也看不到了。百里寒冰緩慢地靠在橋邊的石碑上，一直望著衛泠風離開的方向，一直一直……

船到姑蘇城外的時候，已經是黃昏時分。晚霞映紅了水面，也為遠近風物籠上了一層紅色薄紗。衛泠風站在船頭，晚風吹著他單薄的青衫，耳邊是回繞不息的鐘聲。

「江南……」

一別多年，但這裡的一景一物，甚至是風裡草木的清香，感覺還是那麼熟悉，就好像沒有離開過一樣。他閉起眼睛，深深地吸了口氣，嘴角隱約帶著一絲微笑。

「妳站住！不許再靠過來了！」

衛冷風張開眼睛，朝著大叫聲傳來的地方看去。

因為要進城，水道已經漸漸變窄，那喊聲就是從前方一座橫跨河道的石橋上傳過來的。

「死丫頭，妳要是再過來的話，我就對妳不客氣了！」喊話的男孩站在橋中央，約莫十一二歲的模樣。

在橋的另一邊，站著另一個差不多年紀的女孩，想必就是男孩嘴裡喊的「死丫頭」了。

那女孩年紀不大，面容清秀乾淨，但眉宇間帶著冷漠，別有一種清冷的脫俗氣質。

「你還要跑嗎？」果然聲如其人，那女孩就連聲音也是清清冷冷的。

「死丫頭，妳又發什麼瘋？」那男孩索性坐到橋側的欄杆上，用無奈的語氣問：「妳總要告訴我，妳為什麼拿著劍追了我十八條街，一直從城裡砍到城外吧？」

衛泠風這才注意到女孩的手裡拿了一把雪亮短劍，看樣子不太像小孩子的玩具。

「今天早上你去喝豆漿了？」女孩的聲音越發冰冷。

男孩用力「嗤」了一聲：「我不是每天都去喝豆漿嗎？」

「那你是不是對那個醜八怪說你要娶她？」女孩終於不能繼續保持平靜，聲音也高了起來。

「小燕哪裡是醜八怪了？她是有名的小美人，長大以後一定會變成大美人的。」男孩還是那種無所謂的模樣，兩隻腳在半空晃啊晃的，「我不是跟妳說了，我要娶個大美人做妻子的。」

「我不許！」那女孩用力咬著嘴唇，卻不像要哭的模樣，「你明明說過要娶我的，怎麼可以又去娶別的醜八怪？」

船放慢了速度，緩緩駛過橋洞。

「那我改主意了不可以啊？」男孩的聲音從橋上傳下來，「誰叫妳沒有小燕漂亮，我當然要娶比較漂亮的那個囉。」

「要是你敢娶她，我就劃破她的臉，然後再把你殺掉。」

那聲音森冷，一點都不像是童言無忌。縱然看不到女孩臉上的表情，但只聽著這聲音就讓衛泠風覺得有些發怵。

這是誰家的孩子，怎麼小小年紀性格就如此偏執？

之後，男孩沒有答話。

「不許你這麼看著我！」那女孩繼續說，「你為什麼這麼看著我？明明是你先對不起我的……」

橋洞中昏暗壓抑，衛泠風垂下眼睫，覺得胸口有些不太舒服。幸好轉眼船頭出了橋洞，逐漸明亮起來的光線才讓他稍微好過了一些。

「啊！」

忽然聽到一聲驚呼，衛泠風自覺抬頭向上看去，卻正好看到一大團黑影朝自己壓了下來。船和橋之間的距離說低不低，說高也不算太高，等衛泠風看清那是個人的時候，已經被撞倒在船板上。

衛泠風這下子撞得不輕，後背痛得尤其厲害，一時躺在船板上動彈不得。那孩子摔在他的身上，所以完全沒事，這個時候已經跳起來對著橋上大喊：「就算妳殺了我，我也永遠不會娶妳這個惡毒丫頭的，妳趁早死了這條心吧！」

衛泠風往後仰著頭，看到女孩趴在橋欄上往下看的臉龐。那表情……和百里寒冰那個時候的樣子……衛泠風捂住了自己的臉，低聲笑了起來。

怎麼可能呢？那孩子是覺得自己被丟下了所以才有這樣的表情，但百里寒冰他怎麼可能會……

「喂，你沒事吧？」有人用手推了推他。

衛泠風停下笑意，把手放了下來。

一張帶著稚氣卻俊俏非凡的臉蛋出現在他的視線裡，而那雙好像有光芒流轉的眼睛則一眨不眨地盯著他看。也不知為什麼，一瞬間衛泠風竟忘了對方只是一個孩子，而且還是個陌生的孩子。

「如果真的一點也不在乎，那你逃什麼？」他喃喃地問，「躲來躲去，躲的到底是什麼呢？」

「她看上去是個好孩子，其實又小氣又愛記仇。要是她發起瘋來，真的會把我殺掉也不說定。」那張臉上居然出現了大人般沉重的表情，「我還是個小孩子，要是因為這些而死掉實在太不值得了，所以還是離她遠一點比較安全。」

「我這是在做什麼……」衛泠風這時已經清醒過來，不免有些尷尬。

「嗚！」他試著坐起來，後背的疼痛讓他皺起眉頭呻吟了一聲。

那孩子跪坐在他面前，黑白分明的眼睛忽然間開始閃動著光芒。

「那個我說……」那孩子有些臉紅地看著他，感覺就好像是在……害羞？

「什麼？」衛泠風本來就覺得這孩子透著古怪，看到這種詭異的眼神和表情，更是打了個寒顫。

「我是想說……那個……雖然我現在還是個小孩子，但五年後我一定會是天下第一美男子。而且我很聰明，就算當個狀元什麼的也不是問題。」那孩子用雙手握起他的手掌，放到自己胸前：「美人，請嫁給我吧！」

「啊？」衛泠風覺得自己好像聽到了什麼不同尋常的事情。

「我叫慕容流雲，今年十一歲，尚未婚配。」那孩子目光脈脈地望著他，語氣異常堅決地說：「無論如何，請你一定要嫁給我。」

船頭這麼大的動靜，讓原本船艙裡的幾個客人還有在船尾的船家都跑了過來。十幾人聚在船頭，卻一點聲音也沒有，看大家臉上的表情，顯然都難以接受眼前發生的事情。

「那個……你是個男孩子吧？」衛泠風根本不知道自己在說什麼。他從來沒有想過，自己有一天會在一船不認識的陌生人面前，被一個陌生的孩子當眾求親。只是在宮廷裡待了十年，怎麼外面的世道就變得如此可怕了？

「那有什麼關係？」那孩子用手指挑起衛泠風的下巴，而且動作熟練得好像時常做這種事，「不如你現在就跟我回家，我們把親事定下來好不好？」

「當然不好。」衛泠風慌忙仰頭躲開，也顧不上腰痛，站起來往後退了幾步，「你這孩子怎麼滿嘴的荒唐話？」

「荒唐嗎？」那孩子也跟著站了起來，歪頭看著他，「我一眼看你，就覺得你比我見過的美人都要美麗，所以想要娶你和你在一起，怎麼能算是荒唐呢？」

「你還是個孩子，當然不明白嫁娶是何含意。」對著那雙清澈坦然的眼睛，衛泠風原本理由十足的辯駁變得有些狼狽，「若是你說要娶方才的那個小姑娘倒也算了，怎麼可以對著我這個大你許多的男子說出這種話來？」

「不是說人生七十古來稀？既然一個人只能活上六七十年，有什麼要說的話要做的事不是應該快些去說去做嗎？」那孩子根本不以為然，「我喜歡你就要說出來讓你知道，要是我今天不說的話，也許以後只能自己一個人後悔傷心了。讓別人傷心難過不好，但讓自己傷心難過不也一樣不好嗎？所以我為什麼不能說我喜歡你、說我想要娶你呢？」

雖然聽起來也不是沒有道理，但想想又好像完全不對，可偏偏沒有話能夠駁斥。

人倫道德，該與不該，這些糾纏了衛泠風將近二十年的心結，在這孩子有些荒誕卻理直氣壯的話裡變得一點都不重要了。

喜歡你就要說出來讓你知道，要是不說以後就要獨自後悔……

難道說這多年來日夜相隨的痛苦，並不全然是愛上的錯，也因為愛上了卻沒有說？

衛泠風腦子裡糊裡糊塗的，連什麼時候到了碼頭上了岸都不清楚，只隱約記得一路被拖著穿街過巷，最後進了一棟氣派的大宅。

等清醒過來的時候，他發覺自己手裡捧著茶杯坐在一處寬闊廳堂之中。

他四處看了看，發覺這廳中裝飾每一物皆古樸華貴不說，中堂懸著的匾額上寫著「其寵大矣」四個龍飛鳳舞的金漆大字，落款居然是當今皇帝的名諱。

悉。

不過最令衛泠風吃驚的倒不是這些，而是這廳堂這題字竟讓他覺得十分熟

慕容……那孩子衣著精美，必定出身極好，而這姑蘇城裡姓慕容的大戶除了這裡還有哪家，自己怎麼會沒有想到呢？

「慕容流雲，你這小渾蛋！」這時，偏門後面傳來一聲怒喝，「這種荒唐的事情你也做得出來！」

「不是王爺你說的，我想做什麼就能做什麼的嗎？」那個孩子回答說，「你不是還說自己是天下最明理的人，只要不是傷天害理的事情，你便不會干涉我的所作所為？難道現在王爺覺得後悔，要收回這些話了？」

「問題不在這裡！」對方顯然被這種尖銳的指責刺痛了，「你身為我的兒子，做出這種事情之前為什麼不先想想自己的身分？」

「王爺，你說這話倒讓我想起一件事來。」相比暴跳如雷的長輩，慕容流雲顯得十分鎮定，「我聽說前幾日有人在司徒大人的府上喝得酩酊大醉，借著

酒勁對人家府上的歌姬欲行不軌，被潑了一頭冷水踢出門來，想必那人當時也好好想過自己的身分了。」

「胡說！」對方因為這招指桑罵槐顏面全失，憤怒地反駁：「他怎麼可能為了個歌姬生氣？要不是我喝得太多，說他……」

說到這裡，那人忽然停了下來，讓廳堂裡的衛冷風揚起眉毛。

「他是指的司徒大人嗎？」慕容流雲好奇地追問，「司徒大人那麼好的脾氣，王爺你到底說了能什麼讓他發那麼大的火？」

「他脾氣好個屁，我不過就說他……我為什麼要告訴你啊！現在我們是在說你的事，不是在說我的事！」

「為人子者，不應該把父母放在首位嗎？那麼王爺的事不就比我的事更加重要？王爺你就先告訴我，你到底對司徒大人說了什麼好不好？那我才能為王爺分憂解難啊。」

「好你個頭！你這個不肖子，是不是要氣死我才甘心啊？」

「這話怎麼講呢，王爺你身強體健，再活個幾百年都不會有問題的。」

「作孽啊作孽，我是上輩子做了什麼壞事，老天才派了你這個不肖子來氣我啊！」

衛泠風可以想像出那人窘迫的模樣，忍不住揚起嘴角笑了起來。他站起身，耳中聽著那些不分長幼卻極為有趣的對話，慢慢走到偏門。看到背對著自己在搥胸頓足的紫色背影，有什麼東西從他心裡湧了出來，讓他一時出不了聲音。

過了好一會，他才輕輕地說了一句：「沒想到昔日威名遠播的靖南侯，今朝堂堂的安南王爺，居然只因三言兩語就七竅生煙，看來這鐵衣慕容之名，果然已是明日黃花了。」

「哪裡來的大膽狂徒，面對本王竟敢如此放肆。」慕容舒意正一肚子氣，聽到這話不由大怒，轉身準備把這個說風涼話的傢伙好好教訓一頓。

不料一轉身，見到身後那個目光如水的青衫男子，他頓時目瞪口呆。

來。

「如……如瑄？」縱然一別經年，慕容舒意卻是一眼就把面前的人認了出

「慕容。」衛泠風朝他點了點頭，「別來無恙。」

子夜呉歌

第六章

慕容舒意搬了張椅子坐在衛泠風對面，呆呆地盯著他。衛泠風也沒有覺得不自在，自顧自地喝著茶。倒是慕容流雲有些緊張，雖然守規矩地站在一邊，但目光卻一直在他和慕容舒意臉上來來回回。

「你什麼時候有這麼大的兒子了？」衛泠風放下茶杯，率先打破沉默。

「從親戚那裡隨便過繼來的。」慕容舒意簡短地回答，忽略了慕容流雲不滿的白眼，「如瑄，你果然還活著……」

「怎麼說呢，總之還活著就是了。」衛泠風被他的表情逗笑了，「不過為什麼要說『果然』？」

「當年你中秋過後也未歸來，我就派人去冰霜城，結果卻得到了你的死訊。我當時又驚又怒，立即要去冰霜城討個說法，可最後被司徒攔了下來。他說其中一定另有隱情，他猜你絕對沒死，若是我鬧上冰霜城，只怕會破壞了你的一番苦心。」慕容舒意有些急切地為自己辯解，「如瑄，可不是我不關心你，不過你也知道司徒那傢伙每次都能猜中事情原委，所以我也不敢輕舉妄動，只能照他的話做做表面文章。」

「司徒先生向來料事如神。」衛泠風一笑帶過。

「不過你沒死真是太好了。」慕容舒意說著說著，離開椅子跑到衛泠風面前，忘情地拉著他的手，「你不知道，聽到那個消息對我來說簡直晴天霹靂……」

「王爺。」衛泠風還沒反應過來，慕容流雲就跳了出來，用力分開兩人的手，「你怎麼能對自己未來的兒媳動手動腳呢？」

「你這小渾蛋還有臉說出這種話！」慕容舒意甩開兒子的手，「我還沒問你呢，看中其他男人倒也算了，你居然敢把主意打到如瑄頭上！」

「什麼其他男人？你以為我這麼隨意嗎？」慕容流雲身手敏捷地躲開了朝頭頂揮下的拳頭，「就算是王爺，也不能阻礙別人命中註定的姻緣吧。」

「就你這種用情不專的小渾蛋，居然還敢說什麼命中註定？」慕容舒意沒打算放過他，追著打了過去，「這個世界上那麼多的好男人，過八輩子也輪不到你娶如瑄的，你給我趁早死了那份心吧。」

「慕容，你這麼說的話也太……」看著眼前滿大廳亂竄的父子倆，衛泠風搖了搖頭，放棄說清楚自己不打算嫁給任何男人的立場。

他們父子兀自吵吵鬧鬧地追打著，衛泠風轉頭看向窗外，發現不知不覺天色已經暗了，遠遠近近地燈火漸起。

「如瑄。」

衛泠風轉過頭，看到慕容舒意手裡拎著不住扭動的兒子，笑容滿面地看著自己。

「你放心吧，我會好好教訓這小子的，不會再讓他對你無禮了。」慕容舒意一手捂住慕容流雲的嘴，另一隻手敲了敲他的頭，引來了一陣激烈掙扎和含糊的抗議。「你突然回來，那邊可能來不及準備，在我這吃過晚飯再回去吧。」

「回去？」衛泠風有些恍惚地問，「回去哪裡？」

「如瑄啊如瑄，」慕容舒意嘆了口氣，「你不會以為我堂堂的安南王，連一座小院也照料不好吧？」

吃完晚飯，衛泠風拒絕了慕容舒意送他的提議，堅持要一個人回去。

「我想獨自散散步，還是王爺對自己轄下治安沒有信心？」

無奈，慕容舒意只能親自把他送到門口。

「我又不是遠行千里，只是在城裡走幾步而已。」衛泠風取笑他那依依惜別的模樣，「我記得你素來灑脫，怎麼幾年不見，倒是學會多愁善感了？」

「你也好意思說這話。記不記得你上次離開的時候，也是這樣輕飄飄地道別，然後一走就是十年。」慕容舒意假裝扳起臉，「醜話說在前頭，這次你要是還那樣，我可饒不了你。」

「不會了。」衛泠風淺淺一笑，「我這次絕不會重蹈覆轍了，不論為了什麼……我也不像是那麼容易動搖的人吧。」

慕容舒意本想說些什麼，最後還是忍住沒說出口。

「如瑄。」慕容流雲拉了拉衛冷風的衣袖，「我明天能去找你嗎？」

衛冷風伸手摸了摸他的頭髮：「當然可以。」

「那後天再後天，每天都可以去看你吧？」

「慕容流雲！不許纏著如瑄！」慕容舒意狠狠地瞪了兒子一眼，「還有，如瑄這個名字是你能叫的嗎？」

「如瑄又沒反對我這麼叫他，王爺憑什麼反對呢？」慕容流雲毫無畏懼地和他針鋒相對，「難道說，王爺你其實對如瑄有什麼非分之想？」

「什麼非分之想？」慕容舒意額上青筋凸出，「你這小渾蛋要是再信口胡說，就永遠別想踏出王府一步！」

「知道了知道了，王爺你對如瑄一點想法都沒有總可以了吧。」慕容流雲掏了掏耳朵，「不過王爺這麼大聲做什麼，不知道的人還以為你心中有鬼呢。」

「為什麼……為什麼會是這種忤逆的不肖子。被騙了，我被騙了。」慕容舒意對著牆腳，陷入了深深的自責之中。

「好了流雲，見好就收吧。」衛泠風彎下腰，在慕容流雲耳邊說：「還有，要是心甘情願被你騙的，你裝裝樣子就行，別再像今天那麼用力撞過來了，換了嬌弱的小姐可經不起你那一撞。」

慕容流雲眨著眼睛看他，一臉天真懵懂的模樣。衛泠風笑了笑，轉身走下臺階，循著記憶緩步往城東方向走去。

安南王府的門檻上，府裡的大小王爺毫無皇家威儀地並肩坐著，俱是痴痴地托腮望著門外只剩重重樹影的大道。

「鳳飛翱翔兮，四海求凰。無奈佳人兮，不在東牆……」慕容流雲如同夢囈般輕聲念道，「將琴代語兮，聊寫衷腸。何日見許兮，慰我彷徨。」

「這個時候你倒是會咿咿呀呀了，夫子考你文章的時候怎麼不見你有這份心思？」慕容舒意用力捏了捏他的臉，「你這小渾蛋根本是色迷心竅，我看你啊遲早要死在女人手裡。」

「非也非也，不是女人而是美人。」慕容流雲搖頭晃腦地說，「就算要死，我也要死在這世上最美的美人懷裡。」

「既然是美人，怎麼不去找你那些花枝招展的小姑娘？」慕容舒意伸手搭住他的肩膀，「如瑄雖然眉清目秀，可怎麼也說不上是美人吧。」

「王爺這話就庸俗了。」慕容流雲用一種神往的表情說道，「今日我在橋上遠遠看到如瑄隨水而來，就想到了《九歌》中所寫的『帝子降兮北渚，目眇眇兮愁予。嫋嫋兮秋風，洞庭波兮木葉下』。我的心忽然急跳，忍不住想若是把這樣的人藏在家裡，也許一輩子看著都不會厭倦吧。」

「看不出來你這小子倒是挺有眼光。」慕容舒意聽得一愣一愣的，「當年明珠對如瑄有意的時候，我也曾經問過她，她說的倒是和你差不了多少。」

「就是司徒大人府上的那位明珠姑娘啊。」慕容流雲裝模作樣地嘆了口氣，「王爺你纏著人家這麼多年也沒結果，我看還是算了吧。」

「什麼算了。我一直不明白，司徒那傢伙明明沒有要納娶的意思，為什麼就是不放明珠出府呢？」慕容舒意疑惑地問，「明珠年紀也不小了，這樣下去不是白白糟蹋了她的青春美貌嗎？司徒也不是不講道理的人，為什麼在這件事上偏偏怎麼也勸不聽呢？」

「你真的和司徒大人說過嗎？」

「不論他心情多好，只要提到這事就會變臉生氣，我又怎麼說得下去？」想到當時的情景，慕容舒意委屈地撇了撇嘴，「我不過就是說明珠當王妃也綽綽有餘……」

「明珠姑娘雖然是個有才有貌的美人，不過王爺你真的能娶一個風塵出身的女子當正室嗎？」

「誰說我想娶明珠了？」看到慕容流雲不屑的目光，慕容舒意才勉勉強強改了口，「就算我說了，那也是司徒逼我說的！誰讓他說我惺惺作態，其實心裡想要把明珠占為己有，所以我告訴他，我就是要娶明珠當我的王妃！」

說到心頭怒起，他跳起來一腳踏在門檻上，朝天空發出冷笑。

「不過，要是司徒大人答應讓明珠出府，王爺你真的要娶她嗎？」慕容流雲皺起眉頭，輕聲嘀咕：「你還說我，你自己不也是隨隨便便就說了那種話嗎？」

「流雲，你不知道司徒當時的臉色有多難看，那才是解恨啊。」慕容舒意望著夜空，「再說了，明珠雖然出身風塵，但論才學品貌，那些大家閨秀有幾個能與之相比？如果我真的要娶……如果我真的想……我真的……真的是……」

真的是個笨蛋啊。慕容流雲一臉灰暗地抬頭看著他。

「都怪他不好，他明知道我喝醉了喜歡胡說，還故意逼我！要不然，我怎麼會說那種蠢話？」慕容舒意忽然蹲下來捂住臉，痛苦呻吟了一聲，「現在把話說得這麼絕，我該怎麼辦啊……」

慕容流雲撐著頭，無奈地嘆了口氣。

「不過他一個地方府尹，居然把我這個王爺踢到池塘裡面，簡直就該誅他九族！」

怪不得濕成那樣，不是被潑了水而是被踢下水了啊。

「但我向來寬容大度，要是他過來給我賠禮道歉，我說不定就原諒他了！」

還在嘴硬……

「王爺，去道歉吧。」慕容流雲誠懇地建議，「就說你喝醉了，不知道自己說了什麼，所以不要當真就可以了。」

「不要。」慕容舒意斷然拒絕，「那多沒面子。」

「那就隨他去好了，不過一個小小的司徒朝暉，不治他的罪就已經是王爺格外開恩了。」慕容流雲站起來拍拍衣服上的塵土，「明天就派人過去告訴他，以後只要是王爺出現的場合就不許他出現，路過王府要繞道走，哪隻眼睛看到王爺就把哪隻挖出來。」

「太狠了吧……流雲，你要去哪裡？」

「我先睡覺了，明天要去買早點給如瑄。」慕容流雲笑咪咪地跨進大門，「他一定會很感動的。」

「早點啊……」慕容舒意想了想，然後沮喪地垂下頭，「他一定會扔到我臉上。」

「王爺。」慕容流雲忽然停下來回頭問他，「你對我的如瑄真的沒有任何非分之想吧。」

「我對如瑄……流雲！」慕容舒意神情忽然一變，兩三步衝到慕容流雲面前。

「王爺你幹嘛？」慕容流雲被他嚇了一跳。

「沒什麼。」慕容舒意低頭看了他一眼，輕聲地呼了口氣，「快點去睡吧。」

「古古怪怪的。」慕容流雲對他翻了個白眼，蹦蹦跳跳地跑了進去。

目送著慕容流雲跑進屋裡，慕容舒意才慢慢轉過身來。

王府門外寬闊的馬道上，不知什麼時候站了一個白色的身影。

慕容舒意臉上泛過一陣青白，好一會才恢復血色。

「我今天真是有幸，接二連三地有貴客臨門。」他揚起笑容，對來人拱了拱手，「不知是什麼風，把你這位貴人吹到這小小的蘇州城來了？」

「鳳飛翱翔兮，四海求凰……沒想到安南王的小公子，小小年紀竟如此多情。」那人的聲音清冷動聽，「只是怎麼連鳳本該求凰的道理也不明白呢？」

「他總說要娶這個要娶那個，完全不能當真。」慕容舒意毫不在意地說，「他不過是單純喜歡如瑄，只是表示親近的方法有些奇怪罷了。」

「是嗎？我還以為……」

「以為什麼？」月光照在那張輪廓俊美卻沒什麼表情的臉上，看著教人不寒而慄。慕容舒意拚命忍住倒豎的汗毛，艱難地咽了口口水，「百里城主，你總不會把無知小兒的童言童語放在心上吧？」

「我怎麼會當真呢？」百里寒冰漆黑的眼中終於漾起些許笑意，「安南王爺，讓您見笑了。」

「好說好說。」那笑容越是美麗，越是令慕容舒意覺得毛骨悚然，他打了個寒顫，連忙轉移話題，「百里城主，你不遠千里南下姑蘇，不知是有什麼要事？」

「我來這裡是為了……」百里寒冰回首望向道路延伸而去的方向，「自然是為了他。」

果然，是為了如瑄。雖然猜到答案，但慕容舒意還是忍不住皺了皺眉頭。畢竟百里寒冰非比尋常，不是隨隨便便就能應付過去的角色。

「這些年如瑄承蒙王爺照顧，寒冰感激不盡。」百里寒冰收回目光，對慕容舒意微微彎腰以示謝意。

「慢著。」慕容舒意伸出手，阻攔他的道謝，「百里城主何須對我道謝？這些年裡照顧如瑄最多的，不就是城主你嗎？」

「這……」百里寒冰留意到慕容舒意流露出來的敵意，神情也不由得轉冷，「不知慕容王爺這話是什麼意思？」

「什麼意思，想必城主心裡比我更明白。」原本是想不動聲色以觀變化，但想到如瑄掩藏不住的落寞憂傷皆是因這人而起，再看到這人惺惺作態、故作不知的模樣，慕容舒意忍不住冷冷地哼了一聲，「你不會以為過了十年，再用這種輕描淡寫的姿態對如瑄示好，就能讓一切恩怨隨風而過了吧？」

「我的確對不起如瑄，但這和你又有什麼關係？這是我和如瑄師徒之間的事，你這個外人有什麼權力妄做評斷？」百里寒冰目中寒光乍現，「慕容王爺，你位高權重那是在朝堂之上，我是看在如瑄的分上才對你客客氣氣，但你若硬要從中作梗，就別怪我不顧情面了。」

他神情倨傲冷淡，說完之後便轉身就走，根本不把慕容舒意放在眼裡。眼見白衣飄飄，轉眼就不見蹤影，慕容舒意臉色鐵青地靠在王府外的門柱上。

「還說什麼客客氣氣，哪裡顧及情面了？」他抱怨了一聲，吐出方才硬是運功壓下的那口鮮血。

「幸好……」幸好剛才及時察覺情況有異，不然的話，捱上這一擊無形劍氣，恐怕流雲的小命此刻已經不保……不對，如果百里寒冰的武功真的已經到了僅憑劍氣就可以隔空傷人的程度，又怎麼會讓自己覺察到呢？這恐怕他是有意讓自己察覺，好給自己一個警示。

只不過，這警示又是因何而起，目的又是什麼呢？

「這可不太好辦啊——」慕容舒意舉起袖子，擦了擦唇邊溢出的血絲，「看來，還是要找個人商量商量。」

但願那人在自己說完之前，不要又來一腳就好。

衛冷風站在一座橋上。

他一路走走看看，走到這裡卻停了下來。因為在靜靜流淌的河水之中，望見了一輪明月，他倚在橋欄上，看著看著，就看得出神了。

今日是十六啊，怪不得明月恍如玉盤，圓滿得讓人歸心似箭。身邊的人來了又去，三三兩兩或單獨成行，有的看著他竊竊耳語，也有的不看他徑直走過。

但最終，還是只剩下他一個人。

有月，還有影，可為什麼多年來陪伴著自己的，都是這些冰冷死物，而自己又為什麼活得如此孤獨？

喜歡你就要說出來讓你知道，要是不說以後就要獨自後悔……

要是真的那麼做了，或許就能少幾分傷心了吧。瀟瀟灑灑地說「不論你怎麼想，反正我就是愛慕著你」，那樣的話，如果還是年少輕狂，能活得那樣肆意的時候……只可惜，不是每個人都能做到，就像不是所有人的年少都能活得那麼輕狂，活得那樣肆意。

年少時的那些事，因為時間久遠或刻意遺忘，都已經變得有些模糊了。只是偶爾在夜半醒來時還會想起，在那些令人疏懶的夏日午後，年少的自己在書堆中睡去卻在長榻上醒來時，總會有一碗冰鎮過的點心遞到面前。

還有，那人漆黑的眼睛望著自己，笑著說：「**原來我的如瑄，也會是隻小小的懶蟲。**」

可能是無心，但他畢竟說了，他說「我的如瑄」。那樣就已經足夠了吧。

只是這一句，就足夠讓年少不再只是輕狂，讓瀟灑肆意變成謹慎小心。因為聽過了那一聲「我的如瑄」，若是有一天從那個黑髮黑眼的人嘴裡，聽到用同樣清冷好聽的聲音說「我不認識你」，那樣的話，自己一定無法忍受。

衛泠風扯起袖子捂住嘴，輕輕咳了一聲。

異樣的顏色沾染在青色的衣袖上，如同某種華麗冶豔的古老紋飾，是連明亮月光也遮掩不了的鮮明淒涼。「桃李春風一杯酒，江湖夜雨十年燈」，所謂快樂逍遙、放歌縱酒或海角天涯，不過就是用來掩飾同一種淒涼罷了。

有什麼人和我把臂同遊，又什麼人和我攜手同歸？衛泠風一直低著頭，望著碎了又圓，圓了又碎，不知是碎是圓的明月。身旁是來來往往、快快慢慢、沒有留戀行走著的腳步。

然後，一個人停在了他的身邊，一道目光落在他的身上，很久很久都沒有離開。

那也是濃墨般黑色的眼睛，雖然沒有那樣深邃、那樣漆黑，但依舊滿滿地裝著歡喜與哀傷。聲音不清冷，卻婉轉纖細，只是有些不太自然。不遠處是粉牆黑瓦的小小院落，那穿著一身素白的人，手裡提著一盞溫暖的燈，用有些僵硬的語調，半是歡喜半是哀傷地說：「你終於回來了。」

回頭的時候，衛冷風的心猛地狠狠一痛。

衛冷風抱著那個人哭了，隱忍地、沉痛地、肆意地哭了出來。

答應唯一的親人要活下來，所以世上能有的痛他早已嘗過；為了那一份絕望的執著，人間所有的傷他的心也早已試過。可不論什麼時刻，不論是痛是傷，他都獨自默默地忍了下來，因為此恨不關他人，只是一個人的過去，一個人的心事，和一個人的悲哀。但是一個春日的夜晚，在一座孤單的橋上，一個人提著燈對他說了一句再普通不過的話。

你終於回來了……

藏在更深處的記憶翻湧而出，卻不再是那個黑髮黑眼、清清冷冷的人，而是更久更久之前，那個會把自己一直從醫館背到到家中的兄長，那個總是提著一盞燈，帶著一臉笑意站在門前，不論多晚都等著他們的嫂子。

「我不要……」淚水在臉上肆意奔流，他對懷裡的人說：「不要讓我一個人……」

落在地上的紙燈著了火，星星點點的光芒飄散在風裡。光芒映紅了他盛滿淚水的眼睛和她驚慌失措的臉，還有遠遠的柳樹下，兩片微微張開卻沒有發出聲音的嘴唇。

生平第一次痛快哭泣的衛冷風，有些慌張不知該如何是好的明珠，還有另一個看著衛冷風痛苦肆意的眼淚，看著明珠堪稱絕色的姿容，看著這對男女正相擁相偎在一起的人。

那個人有著如濃墨般深邃的、漆黑的眼睛和頭髮，表情和目光也都是記憶中清清冷冷的模樣。

露水從竹葉上滑落，一聲聲滴落在太湖石上的聲響，讓衛泠風醒了過來。

他昏昏沉沉地醒了過來，眼睛有些酸澀，頭也有些疼痛。陽光照在他的臉上，透過敞開的窗櫺，仰頭就能看到天井裡碧綠挺拔的竹子。他用力地吸了口氣，伸了懶腰，決定起床著衣洗漱，然後擦拭桌椅灑掃庭園。

但當他坐起來的時候，卻看到有一個人坐在自己面前。

在他的家裡，在他的椅子上，在眼前一切都屬於他的地方，有一個不屬於他的人正坐著。那麼大一個人坐在那裡，就像一件傢俱、一個擺設，一點鮮活的感覺也沒有，所以衛泠風醒來時都沒有察覺。而第一眼看到，他差點以為是午夜冰冷的夢魘出現在了面前，剛剛有些暖意的手腳又變得冰涼。

「如瑄。」那聲音雖然清冷，卻有種說不出的溫柔，「你醒了嗎？」

衛泠風的手還在半空來不及放下，連帶著表情一同凝固。

「對不起，我擅自進來了。」紅色的薄唇微微開啟，連笑容都完美得無法挑剔，「你睡得很安穩，所以就沒叫醒你。」

「為什麼？」說出口的聲音如此平穩，連衛泠風自己都覺得吃驚，「為什麼要來找我？」

「幫我梳一下頭吧。」對方似乎想用笑容和目光將他迷惑。

他覺得自己從那語調之中聽出了有恃無恐的意味，側過頭，便也看到那隻伸過來的手上，托著一只黃金和美玉做成的蝴蝶。

那是用黃金仔細鑲嵌，一只碎痕遍布卻完完整整的玉蝴蝶。

子夜呉歌

第七章

反反覆覆地梳著，直到把那些容易散落的頭髮全部握在手中，然後在腦後挽成髮髻。再普通不過的梳子，順著那漆黑美麗的頭髮滑下的時候，也添了幾分別樣風情。衛泠風的目光有些呆滯，動作卻一如往昔地輕柔靈巧，一點也沒有隔了十年應該有的生疏。只是挽好後他卻放下梳子，沒有立刻去拿桌上的玉扣。

「怎麼了？」百里寒冰輕聲問他。

「質地再好的美玉，如何精緻的工藝，碎了就變得一文不值了，何必硬是把它不倫不類地重新拼湊在一起呢？」他終於把那只蝴蝶拿到手中，感受著因黃金綴飾而沉重許多的分量，「如果這玉有靈性，恐怕會覺得這是對它的諷刺。」

「就算是這樣，始終還是你用心送我的東西，我怎麼能任由它碎著？」百里寒冰回過頭對他燦爛一笑，「何況它罵我俗氣我也聽不明白，但你生我的氣不理我那可不行。兩相權衡之下，不論這有多煞風景，我還是要把它好好補起來的。」

「你到底是……」說他瘋了，但他目光明亮，談吐神情也沒什麼異常；可要說他沒瘋，為什麼言語之中又總帶著說不清的詭異？

「我知道補得不好，但我也只能做到這樣了。」百里寒冰把他的沉默看成了不滿，「要是你不喜歡，我回去鎔了之後再試試，看看能不能補得更細緻一些。」

「這是你補的？」那雙只懂得舞劍的手，居然會做這樣的事情？

「嗯。」百里寒冰朝他點了點頭，用討好似的語氣問他：「我修補了很久才做到這樣，你不滿意可以，但不能再生我的氣了。」

「我不生你的氣，也許早些時候生過，但現在沒有力氣了。」不論百里寒冰此刻是真心還是假意，都只是因為愧疚吧。而愧疚對於他和自己來說，都是過於沉重的負擔。「我早就已經想通了，你我就算不能盡釋前嫌，也沒必要活得像仇人一樣。」

「真的嗎？」百里寒冰眼中閃爍著光亮，「你真的不生我的氣了，你真的願意原諒我了？」

「你不必再為我做任何事，我既不恨你也不怨你。」衛泠風為他別上玉扣，「你別不信，我是說真的。經過這些年，我已經看開了，之前種種就好像這玉扣一樣，碎了也就碎了，就算用黃金鑲嵌更加美麗，卻不可能使用得比原本的更長久。如果遲早總會變成無用的累贅，那麼補和不補又有什麼區別呢？」

「可是……」百里寒冰猛地轉過頭來，「你這麼說，和不願原諒我有什麼區別？」

衛泠風顧不上回答，因為這一回頭，百里寒冰髮間還沒有完全扣住的蝴蝶被甩了出去。

連本能伸手去抓都沒來得及，他只能眼看著那蝴蝶往外飛了出去。百里寒冰卻動了，雖然比衛泠風發現得晚了一剎，但他的反應快了何止數倍。他連頭也沒回，只是一個側身前仰，在往下墜落之前，那脆弱的玉扣便先落到了他的手中。

「我抓住了。」他笑著把玉扣托在掌心遞到衛泠風面前。

「遇上這種情況，會武功也是不錯的。」衛泠風只是笑了一笑，接過來重新幫他別在髮上。

百里寒冰似乎沒想到他會是這種反應，笑容頓時僵在臉上。

衛泠風收好梳子，回頭看他依然低頭坐著不動，便問道：「你還有什麼事嗎？」

百里寒冰垂著頭，愣愣地望著自己空無一物的手心。

「其實當年我慢慢好轉以後，也想過要告訴你。可一想到要面對你，我就膽怯退縮了。」衛泠風走回百里寒冰面前，低頭看著他和髮間的玉扣，輕聲地嘆了口氣，「然後，在猶豫之中一年一年過去，時間一長我就更不知道該怎麼辦才好了，索性就想，沉默也未嘗不好。但看到你今日的樣子，我終於明白自己還是做錯了。」

百里寒冰抬起頭，在他平靜的眼中看到了自己的影子。

「對不起。」

這一聲道歉，讓百里寒冰渾身一震。

「上一次見面，你不是這樣……」他不由喃喃地問，「為什麼要這麼說，為什麼……」

那橋上相擁的一雙儷影，驀地跳到了百里寒冰眼前。

「我想過顧雨瀾會告訴你，也想過你或許會再次出現在我面前。我曾經考慮過再見時的情形，本是不該那樣失態的。可是真的見到了，也不知為什麼，我沒能好好控制住自己的情緒。」衛泠風微微地側過頭，「現在我已經好多了，正巧又和你見了面，我想應該是時候……」

百里寒冰疑惑地看他把手伸到自己面前。

衛泠風淡淡地說：「我們兩個擊掌為誓，讓恩仇就此了斷吧。」

百里寒冰低頭看了看自己面前的手，又仰頭去看那張異常平靜的臉。

「什麼了斷？」他漆黑的眼睛暗了下來，絲毫不見方才的清亮，「你這麼說就是要和我一刀兩斷，你也不會再回冰霜城了，是不是？」

「多少年朝夕相處，別的不說，你我和至親也沒有什麼分別。冰霜城更是會永遠留存在我心裡，那裡的人事物我不會忘記的。但是……」衛泠風對著他搖了搖頭，「我不會再回去那裡了。」

「你當真嗎？」百里寒冰面色一沉，「你真的準備永遠不再踏進冰霜城一步？」

衛泠風遲疑片刻，慢慢把手收了回來，卻還是堅定地點了點頭。而百里寒冰一見，臉色頓時宛如風雨欲來般地陰沉。

「這就是你想要的生活嗎？」就連他的語氣也變得陰鬱沉重起來，「這裡有什麼值得你拋開一切的？是這座又小又舊的院子？還是那些顛三倒四的朋友？或者……其他什麼原因？」

「我怎麼就拋開一切了？」衛泠風皺了皺眉，百里寒冰的情緒變化讓他覺得很不對勁，但他還是照實說了自己的想法，「在你眼裡的破舊院子是我的家，你口中那些顛三倒四的朋友正是我的至交。有屋遮雨，有友為鄰，這樣的生活有哪裡不好？」

「一點也不好。」百里寒冰抓住了他的手，用不容拒絕的語氣說：「如瑄，你是冰霜城的人，那裡才是你的家。」

衛泠風沒有掙扎，眉頭卻深深地鎖在一起。

「你這是在做什麼？」他好一會才反應過來，試著想從百里寒冰的鉗制中掙脫，「有什麼話你說就是了，我又不會逃走。」

「真的不會嗎？」

衛泠風呆住了，停下掙扎愣愣地看著他。百里寒冰的眼睛又深又暗，也看不清那裡面掩藏著的是火還是冰。

「如瑄，你已經起床了嗎？」一個興沖沖的聲音從外面傳了過來，打破了屋裡兩人的僵持。

衛泠風轉頭看去，只見身著月白色錦袍的慕容流雲，正在沿著小路往屋裡走來。

「我特意買了半月樓的點心，趁熱一起……咦？」慕容流雲滿面春風地舉著食盒，一邊說一邊跨進屋裡。他從外面只看到衛泠風的側影，這時看到還有其他人在，不免吃驚地站住了。

「流雲。」衛泠風看到他，卻是鬆了口氣，「你怎麼這麼早就來了？」

「是啊。」慕容流雲點點頭，眼睛卻盯著坐在椅子上的百里寒冰。

衛泠風看到他那呆滯的表情，自然明白他是被百里寒冰的外表迷惑住了，心裡有些好笑又有點擔心。好笑的是這孩子還真是喜歡以貌取人，一看到容貌出眾的人就一副魂魄出竅的模樣；擔心的是百里寒冰最不喜輕浮之人，要是這孩子說出什麼輕薄無行的話來，定會惹他發怒。

只是除了這些之外，似乎還有些什麼情緒在胸口澀澀浮動……

「好美……」好一個無可挑剔的美人。

「的確是一個好美的早晨。」衛泠風硬是把話截了過來，順勢使了個警告的眼色給那不知好歹的孩子。

「啊——」慕容流雲似乎挺聰明的，被他一瞪之後立刻回過神來，對著他連連點頭，「是啊是啊，今天天氣真好呢！」

衛泠風鬆了口氣，彎起嘴角對他笑了一笑。

「如瑄。」慕容流雲忽然滿面通紅地低下頭，扭捏了一會才說：「你笑起來真是好看。」

其實他原本想說「如瑄，你剛才瞪我的時候，我的心跳得好厲害」，但忽然又覺得不太好意思，最後才改成了這句。

衛泠風哪裡知道少年的曲折心事，看到他奇怪的模樣又聽到這種奇怪的話，只能哭笑不得地搖了搖頭。

「流雲你……」他剛想開口說說這孩子，卻覺得腕間一痛，才想起自己還被百里寒冰抓著，當下忙不迭地想要掙開，低低對百里寒冰說了一聲「放手」。

百里寒冰卻絲毫不為所動，眼睛一眨不眨地盯著他，看得他背脊陣陣發涼。

慕容流雲看那兩人一直眼對著眼發呆，感覺自己被徹底忽視了。他正想開口對衛泠風撒嬌抱怨幾句，就見那穿著一襲白衣、容貌令人驚嘆的美人，終於轉過來看了自己一眼。

好可怕。這麼美麗的人，怎麼會有這樣一點也不美，甚至堪稱恐怖的眼神？

慕容流雲的臉色都變了，不由自主地往後退了幾步。他心裡立刻明白，為什麼如瑄剛才要搶自己的話，又要對自己使眼色了。

縱然這張臉說得上傾國傾城，可這人絕不是什麼可親可愛的美人。果然和那死丫頭一樣，也是一朵帶刺的花兒；也果然，越是帶刺的花就越是美麗。

要是讓衛泠風知道慕容流雲此刻在想些什麼，一定會大嘆此子日後必非池中之物。可若百里寒冰知道了，恐怕他立刻就會身首異處。

不過還好他受到驚嚇的神情不全然是假裝出來的，順便把其他心思掩蓋了許多。加上百里寒冰只是一眼掃過就把視線放回衛泠風身上，好似這屋裡再沒有第三人的樣子，這才免去了這春日早間極可能發生的一樁慘案。

「流雲他是安南王爺的兒子，你知道慕容向來與我交好，他的兒子就如同我的子侄。」

「鐵衣慕容的兒子？」百里寒冰點了點頭，「果然將門虎子，就是與眾不同。」

雖然語氣平淡，也總算是句客套話，但那雙眼裡，卻還是什麼人都沒放進去一般地冷漠。百里寒冰雖然傲氣，但向來講究禮數，他用這般態度應對生人，衛泠風還是第一次見到，心裡不免又是一陣驚疑。

衛泠風兀自奇怪，慕容流雲倒是不怎麼在意。

一是慕容舒意對兒子向來放任自流，他散漫隨意慣了；二來嘛……眼前人那舉手投足皆是風華絕代的模樣，令他那難以抗拒美色的心劇烈動搖，哪有心思去想禮不禮貌之類的事情。只是花兒雖美，卻太過危險。因為過往慘痛的經驗，就算再怎麼可惜，慕容流雲還是當即打定了主意。

為了自己還沒有正式開始的一世風流，慕容流雲確定自己絕對不能招惹這個危險的美人。只是他流露出的惋惜，讓一旁的衛泠風看得有些莫名其妙。

「流雲。」雖然這兩人奇怪的奇怪，古怪的古怪，但衛泠風也無暇深想，「這位是冰霜城的百里城主，冰霜城名揚天下，百里城主更是赫赫有名的劍術名家，你不能這麼沒有禮貌。」

比起之前神色間的暗示，這話裡帶了幾分明明白白的警示，就是要讓慕容流雲注意言行。

「他是百里寒冰？」慕容流雲這次反應倒是挺快，立即詫異地問：「他怎麼會是百里寒冰？」

衛泠風一愣，不明白他為什麼會這麼問。

「是我家王爺說的，武功練得越高會變得越難看……他果然是騙我。」慕容流雲上上下下看了看百里寒冰，最後目光停留在他抓住衛泠風的那隻手上。他忍了一下，還是忍不住問了：「如瑄，你認識他啊？他幹嘛拉著你不放？」

「那個……我和他……我們……」衛泠風垂首看著自己被百里寒冰用力抓著的手腕，想著怎麼也說不清自己和這人的關係，到最後只能無奈一笑：「我和百里城主很久以前就認識了，他路過蘇州來看看我罷了，也沒什麼特別的關係。」

他一邊說一邊感到手腕處收緊的力道越來越強，逐漸覺得疼痛了起來。

「喔……」慕容流雲顯然不太信，但眼珠轉了轉，也沒有繼續追問下去。

「你果真這麼決定了？」百里寒冰望著他低垂的眼眉。

「我已經說過許多遍了，是你自己聽不進去。」衛泠風的臉色微微發白，抬起眼睛用尖銳的目光刺了過去，「百里城主，我非但沒有絕世的武功和絕世的心腸，耐心更是與你差了不知多少，你就放過我吧。」

百里寒冰收緊手掌，衛泠風悶哼一聲，額頭的冷汗滑落下來，卻依舊冷冷地和他對望。

「放開，如瑄的手要斷了！」慕容流雲看出不對，急忙扔了手裡的東西衝過來。

百里寒冰這才驀然驚醒，立即鬆開力道，驚見自己掌下瘀痕一片，臉色頓時變得比衛泠風還要難看幾分。

「如瑄你沒事吧？」慕容流雲已經來到身前，把衛泠風的手腕接了過去，「要不要緊？我這就去找大夫過來。」

「不礙事，我自己就是大夫。」衛泠風用另一隻手拍了拍他的肩膀。

「如瑄……」百里寒冰站了起來，卻不敢再伸手。

「我知道你不是有心，我也沒什麼要緊的。」衛泠風朝門外一指，「百里城主你貴人事忙，我也不便留你，請吧。」

百里寒冰沉默地看了他片刻，一言不發地走了出去。

衛泠風眼看著他的身影消失在門外，便在他原本坐著的那張椅子上坐了下來。

屋裡過分的安靜壓抑讓慕容流雲越來越不自在，他站了一會，忍不住說：

「如瑄，不如我們出門走走吧。蘇州城裡好玩的地方……」

「流雲。」衛泠風打斷他，「我想一個人待一會，你能先回去嗎？」

慕容流雲有些失望，但只能點點頭，轉身收拾好自己摔在地上的東西。

「那我明天再來找你。」走到門邊，他回頭說了一句，然後沒等衛泠風回答就跑了出去。

衛泠風仰靠到椅背上，一個人就這樣呆呆地望著橫梁屋脊。

身旁似乎有人在對他說話，但百里寒冰一句也聽不進去。如瑄臉上的表情和說出的那些話，猶自在他耳中纏繞。

「……髮間的這枚玉扣……」

這句話突然躍進腦海，百里寒冰不由仔細看去，漆黑的眼中霎時映入一張細緻優美的臉龐。

慕容流雲走到門前，不由自主地停了下來。因為他看到那個百里寒冰站在門外，而站在他對面的，竟是自家王爺念念不忘的那位明珠姑娘。

楊柳青青，小橋流水，加上兩位美人相對而立，正是值得大書特書的景色。如果兩張美麗的臉上，表情不是那麼僵硬的話。

「你認識如瑄？」

「妳與如瑄究竟什麼關係？」

兩人幾乎同時問了出來，問完之後誰也沒有回答。

「這玉扣是怎麼來的？」明珠被他看得沉不住氣，又問了一次：「又怎麼會碎了呢？」

「與妳有何關係？」百里寒冰頓了一頓，卻還是答了她：「自然是如瑄送給我的。」

「不可能。」明珠立刻反駁他，「你胡說。」

「為什麼不可能？」

那是因為……

蝶舞翩翩，又是成雙成對，這般寓意深重的定情之物，不知是要送給誰呢？

定情？不，不是那樣的。我只是要送給一個人，當作紀念……

「不可能的……那個人不是……」

「是妳纏著如瑄，他才不願和我回去嗎？」百里寒冰一臉深思地望著她，「妳相貌雖是不錯，說得上我見猶憐，但終究比不上紫盈。能夠讓如瑄看重的，到底是什麼呢？」

「你說什麼？」明珠往後退了半步，「誰是紫盈？你又是什麼人？」

「我和如瑄……」那個容貌完美，幾乎不似凡人的男子忽然對她淺淺一笑，然後告訴她：「紫盈是我所見過的，世間最美、最好的女子。如瑄當年就是為了她，才會遠走他鄉，至今不歸。」

聽罷，明珠的臉立即失了血色。

「如瑄心軟，根本不懂怎麼拒絕別人。就算他不願意，只要纏著磨著，時間久了他總會點頭。」那人接著輕聲地嘆了口氣，「我最擔心的，就是有人會看準這一點，勉強他做違背自己心意的事。」

「那個紫盈真的是他喜歡的人？可是為什麼……」

「因為紫盈是我的妻子。」百里寒冰微微皺了下眉，「這些年他都不願回去，應該是一直耿耿於懷。」

明珠走了，腳步有些踉蹌，背影好生可憐。

「不合適。」百里寒冰像是自言自語，又像是說給旁人聽，「就算要找，我也會幫他找到適合的人，一定要和他再相配不過……」

慕容流雲看著面無表情的百里寒冰，心裡有種說不出的古怪。這時，百里寒冰的目光突然移到他身上，把他嚇得往後退了好幾步。

「只是個孩子，且性情怪異罷了。」百里寒冰什麼都沒做，看了一眼之後就轉身離開，還邊走邊說著：「真是可惜……」

慕容流雲緊張得貼在照壁上，這時才顫巍巍地吐了一口氣。

好可怕，比起那個死丫頭，百里寒冰還要可怕上千萬倍。

子夜呉歌

第八章

這天掌燈時分，衛泠風又有了新的訪客。

看到一身黑色錦衣倚在門邊的司徒朝暉，恍惚了一天的衛泠風有種被涼水潑醒的感覺。

「我可以進來嗎？」司徒朝暉很有禮貌地問道。

衛泠風愣了一下，猶豫了一會才讓人進了屋裡。

司徒朝暉接過他遞上的茶杯，看了一會杯底沉澱的細碎金色，淺淺地嘗了一口後把杯子放回桌上，又閉目回味了一會才張開眼睛，向坐在對面的衛泠風溫柔一笑。

這看似友善的一笑，越發令衛泠風覺得不舒服。

「桂花香氣濃冽甘甜，不像你會喜歡的味道。」司徒朝暉好像一點也沒發現他的不自在，逕自拿著細瓷的杯子，在掌中細細品嘗把玩。

「沒有什麼像不像的，偏偏是喜歡了。」

「那麼為你拾桂藏香的佳人，是不是也能分得其中的一絲喜歡呢？」

「那不一樣。」衛泠風揭起燈罩挑了挑燈芯，好讓屋裡更加明亮一些。

「有什麼不一樣的？」司徒朝暉問他，「要是不從心裡空出一塊地方，拋卻一些舊的東西，放一些新的進去，就算能再世為人又有什麼意義？」

衛泠風的動作頓了頓，才慢慢把燈罩罩了回去。

「我想我做不到。」他輕聲說，「我自己嘗夠了，不希望有人因我而受到同樣的痛苦。」

「人生苦短，孤獨來去。既然快樂痛苦只有自己知道，就算自私一些也是應該的。」司徒朝暉不以為然地說，「別人再怎麼歡樂愉悅，那終究都是別人的事，再怎麼為別人著想，不過就是累了自己也累了別人，那才是最不應該的。」

「可惜衛泠風不是司徒朝暉，何況就算是你司徒朝暉，也未必有這份灑脫。」衛泠風笑了一笑，「要是能如你說那般洞悉世情，這世上不就沒有半個凡夫俗子了嗎？」

司徒朝暉也不生氣，說了句風馬牛不相及的話：「明珠今早來過這裡。」

衛泠風的笑容僵在唇邊。

「我不知道出了什麼事，只是明珠回來的時候一臉傷心，說是今生恐怕都和你沒有緣分了。」司徒朝暉淡淡地瞥了他一眼，「其實她心裡也清楚，你對她並沒有同樣的心思，只是把你在心裡放了十年，要她一下子放下忘記也不容易。所以說，情深總是累人……」

衛泠風沒有說話，只是低垂著目光，看著桌面上散落的小小花粒。

「你不用想太多，我並不是勸你接受明珠。其實她只是戀著你的那份抑鬱情深，而非戀著你這個人。再者，她雖溫柔體貼，但過於軟弱又不識滄桑，於你實在不能算作良伴。」司徒朝暉站起身，背著手慢慢走到牆邊，仰頭看著牆上的字畫：「我只是想問你，如瑄，你把所有的感情和目光都放在一個人身上，不只是對你自己，對那個人難道不是種莫大的壓力嗎？」

「我也不想。」衛泠風看著那幅多年前自己寫下的字，又開始有些魂不守舍。「所以我不要再和他糾纏下去了，什麼愛恨我都已經……」

「其實要說當年你看不穿百里寒冰設計騙你，我是第一個不信。」司徒朝暉轉過身，嘴邊的笑竟有些不懷好意，「老實說吧，你不過是想要他後悔，要他一輩子忘不了你，要讓他嘗嘗什麼是『千里孤墳，無處話淒涼』罷了。其實你也不過是自詡情深的偽君子，實則就是個不顧別人只知自憐自哀的自私之輩而已。」

衛泠風猛地站了起來，卻因為動作太急而有些頭暈目眩，只能扶著桌子把自己穩住。定了定神之後，他才神情冷漠地發問：「司徒朝暉，你跑來這裡大放厥詞，到底是什麼意思？」

「你不要這麼激動，我只是看不過你這死氣沉沉的樣子。」司徒朝暉對著他搖了搖頭，「你要是真有心玉石俱焚，就不會用這種兩敗俱傷的笨方法了。我看你巴不得心肝脾肺腎統統掏給他還嫌不夠，就算是心底恨他，也是看不得他痛苦難過的。」

「難道你真是特意跑來開導我？」衛泠風的表情依然冷峻，「你又是什麼時候學會關心旁人了？」

「你這麼說我，是不是有些過分？不過你說得不錯，開導什麼的我倒真沒興趣，我只有些好奇……」司徒朝暉用一種沉重的聲音問他，「你已經為他毀了半生，少年時的雄心壯志，幾十年的大好時光，你都為他消磨在了兒女私情之中。而他根本不懂，或者根本不願懂，這樣的人到底值不值得你空耗一生等待，你可曾好好地想過？」

「我就說，事不關己、死也不理的司徒，今天怎麼忽然關心起我的愛恨得失了？」衛泠風聽完他的話，突然冷冷一笑，「司徒朝暉啊司徒朝暉，你這番話是說給我聽，還是說給你自己聽？那個不解風情的傻子，終於把你常人難及的耐心給消磨殆盡，逼得你忍不住要把軟肋暴露人前了嗎？」

「說實話，當年我倒也有除去你的念頭，但再三權衡得失之後，最後也不得不放棄，畢竟百里寒冰不太好惹。」司徒朝暉倒不掩飾自己的惡意，「每每見你望來的目光，我就覺得自己可憐可悲，恨不得把你的眼睛挖出來拿去餵狗。好不容易盼得你裝死消失，卻不想隔了十年你偏偏又跳了出來。害得我方才一不小心，把收藏多年的孤本撕了大半……」

衛泠風並不吃驚，甚至頗覺有趣地看著他：「世人只道司徒朝暉是性情爾雅的才子高士，誰想私底下竟會如斯狂躁狠毒？有幸見你真情流露的我，是不是該好好感謝那個惹惱你的傻子呢？」

「好一個狂躁狠毒、真情流露，真該為你這知己乾上一杯。」司徒朝暉拍擊了一下手掌，接著惋惜地看了一眼桌面上，「只可惜這種時候，總是有茶無酒。」

「誰說沒有？」衛泠風朝他眨了眨眼，「難道你忘了，有一個會拾桂藏香的佳人了嗎？」

「那還等什麼?快些去拿出來吧。」司徒朝暉長長地嘆了口氣：「若是不趁現在把我灌醉，我一定會先把你掐死，再去把那個世上少有的蠢貨掐死，最後索性也把自己掐死算了。」

他們坐在園子裡的石桌旁喝著酒，你一杯我一盞，直到最後一小壇桂花釀快見底了，才又開始交談。

「你今夜過來，果真不是為了想勸我看開些？」衛泠風把最後一杯讓給了司徒朝暉。

「那和我有什麼關係？」司徒朝暉揮了揮手，「你是自尋煩惱，死了也是活該。」

「果然如此啊。」衛泠風苦笑了一聲，「那麼是他給你受了氣，所以你才想讓我也跟著不好受吧。」

「在和自己無關的事情上，你總是敏銳得令人生厭。」話是這麼說，但司徒朝暉面上卻還是笑吟吟的，「今天有個笨蛋跑來找我，要我來好好開導你一番。我拒絕不了他，這一趟是一定要來的，再說你我勉強算是朋友，踏著月色探訪故人，這種事我也樂意，可是偏偏他說的那些話，實在讓我高興不起來。」

「他說了什麼？」

「不就是君應憐取眼前人、海闊天空好人生、好馬不吃回頭草之類……只是這些也就罷了，偏偏他又興致高昂地說了些令人生氣的蠢話。」司徒朝暉臉上的笑容，此刻已經消失得乾乾淨淨，「什麼一定是沒有嘗過軟玉溫香，所以才會去喜歡男人；什麼女人才是真正該拿來疼愛，拿來捧在手心裡好好呵護的；什麼別的人也不說，就說明珠，你看她那細腰纖足，真教人銷魂蝕骨、夢縈魂牽；還有什麼……」

「算了算了。」衛泠風看他的臉扭曲得厲害，連忙叫停，「我大致知道了。」

「我原本以為，這些年他多少能體會我的一片心意，卻不想他簡直蠢得無可救藥。」司徒朝暉把臉貼在冰涼的石桌上，喃喃地說：「早知道這樣，我才不會被那該死的誓言綁住這麼多年。索性一早讓他無家可歸，只剩我能依靠就好了……」

「他也未必不知道……」衛泠風想了想，沒有再說下去。

「天下間最最可恨的人，就是他這種了。」司徒朝暉仰頭一氣喝完了最後一杯酒。

衛泠風才想是不是要勸勸他，卻不想喝完之後司徒朝暉忽然站了起來，先是目光朦朧地四下看了看，然後一抬手把桌上的東西都掃到了地上，再舉腳把身邊的幾叢細竹用力踩折，接著踹翻石凳，掀翻桌子，摧殘著大片無辜花木。

這就是所謂物極必反嗎？誰能想到外表斯文的司徒朝暉，居然有如此粗暴的一面？

衛泠風往後退開了些，免得自己受到池魚之殃。

折騰了好一會，司徒朝暉總算停了下來。他站在園中仰頭大笑了一陣，然後退到牆邊坐了下去，垂著頭像是睡著了。

「我這是招惹誰了？」衛泠風搖了搖頭，「居然還有特意來這裡發酒瘋的……」

鬧了這一場，衛泠風也恍惚不起來了。他費了一番力氣，把喝了不少的司徒朝暉扶到床上。再轉身走到屋外，看著眼前一片狼藉，著實讓他頭痛萬分。

最後他走過去扶起桌椅，決定大致收拾一下，其他等天亮之後再說。聽到屋裡傳來響動他也沒有回頭，只顧蹲著收拾四散的瓷器碎片，說了一聲：「你喝了不少，時間也已經晚了，今天就先睡在這裡吧。」

「百里寒冰傍晚之前就離開了蘇州城，好似行色匆匆。」司徒朝暉的聲音有些慵懶，倒也不像醉得多麼厲害，「他武功太高，也不好跟著，所以不知往什麼地方去。」

「嗯。」衛泠風應了一聲，表示自己已經聽到了。

他把大塊的碎瓷聚到一起，那些散碎的也沒心思收了，他走進屋裡掩門關窗，把放在窗臺的燈移到書桌上，往裡面添了些燈油。回頭見到床上的司徒朝暉呼吸均勻，看來是真的睡過去了，他輕手輕腳地走到書架邊取了本書，回到桌邊翻看起來。

燈火把他的影子映在牆上，拖得瘦瘦長長。

百里寒冰離開蘇州城的第四十五日。

衛泠風一開門，就看到腳邊的臺階上擺了一枝猶帶露水的桃花。他彎腰撿起那枝嬌豔的桃花，取下繫在花枝上的信箋。

「江南無所有，聊贈一枝春。」他讀完之後看到信紙下面幾筆畫出的雲彩，忍不住笑了起來。

慕容流雲那孩子還真是古靈精怪，小小年紀就懂得用這樣的手段，長大以後也不知道會傷透多少芳心。

「泠風，你喜歡嗎？」一張漂亮稚氣的臉蛋從牆頭探了出來。

「你站那麼高做什麼？」衛泠風被他嚇了一跳，慌忙走了過去，「快點下來，小心別摔著了。」

「我們今天去哪裡玩呢？」慕容流雲手一撐，整個人坐在了牆頭上，「不如我們乘船遊湖，中午的時候就在船上吃吃河鮮好了！」

「你等一下。」衛泠風四處沒有看到梯子，於是說：「我去拿把椅子過來……」

「不用了，我能下得來。」慕容流雲撇了撇嘴，一個翻身就落到了地上。

「以後別爬那麼高了。」衛泠風也沒真的去拿椅子，只是笑著告誡他：「就算會武功也難保沒有意外。」

「你是故意的，對不對？」慕容流雲有點不高興地低垂著頭，「你覺得和我這樣的小孩子一起很無聊，所以才不想理我的嗎？」

「你胡說，最近我不是一直和你四處遊玩嗎？」衛泠風嘆了口氣，「過兩天你就要去書院讀書，這幾日也該留在家裡收收心了。」

「都怪那個糊塗王爺……」慕容流雲咬牙切齒地在心裡把自家老爹埋怨了一通。

「王爺的決定也沒錯啊。」衛泠風看他的樣子覺得有趣，揉了揉他的頭髮，

「你大哥好像也在那間白鹿書院讀書，你去那裡能見到他不是很好嗎？」

「我才不要去那種悶死人的地方，和那些只會咿咿呀呀的老夫子跟笨小子一起發霉。」慕容流雲用力地抱住了他的腰，把頭埋在他胸前哭喊，「如瑄，我捨不得你啊！我不要和你分開，我討厭那個笨蛋王爺……」

「流雲。」那孩子摟著摟著忽然滑了下去，衛泠風一把托住他，一時又好氣又好笑，不知拿這小無賴怎麼辦才好，「你也不是小孩子了，怎麼這麼喜歡撒嬌？」

慕容流雲沉沉地趴在他身上，一動不動。

「流雲？流雲！」衛泠風終於覺得不對勁，一手攬著慕容流雲的腰，另一手把他的頭扶了起來。

慕容流雲緊緊地閉著眼睛，儼然驚厥過去的模樣。衛泠風連忙翻了翻他的眼皮，接著抓起他的手腕，用指尖搭在他的脈門上。脈象平和，不是驚厥而似封了血脈……衛泠風正驚訝的時候，他身後忽然伸出一隻手來，把倚在他身上的慕容流雲輕巧地接了過去。

只是一瞬間的事情，衛泠風的手猶自做著環抱的動作，胸前卻是已經空了出來。他呆了一陣，才知道回過頭去。身後那人的臉近在咫尺，他的鼻尖甚至擦過了那人的臉龐。那種呼吸相聞的距離讓衛泠風的心縮了一下，嚇得他趔趄著往後退去。

「小心！」多虧那人眼明手快地拉了一把，他才沒有失足滑下臺階。

衛泠風回過神來的時候，陽光正照著眼前的人，讓那人周身散發出一種溫潤柔和的光芒。

不是百里寒冰，還會有誰？

「真讓人放心不下……」百里寒冰嘆息似地說了一句。

他出現得這麼突然，讓毫無準備的衛泠風陣腳大亂：「為什麼你們都不敲門……」

衛泠風呆呆傻傻的表情引得百里寒冰笑了起來。

「對不起。」可他的道歉沒有半點誠意，「我怕你還沒起床，吵醒你就不好了。」

「武功好果然了不起嗎？」衛泠風甩開了他的手，探頭看了看被放到一旁的慕容流雲，「你點暈流雲做什麼？」

「這孩子太吵了。」百里寒冰橫移一步，堪堪擋在他的面前，「我下手很輕，過兩個時辰他就會醒的。」

「你不是走了嗎？」衛泠風問他，「我以為你不會再來了。」

「我怎麼會把你一個人留在這裡？」百里寒冰伸出手指，幫他把凌亂的鬢髮順到耳後，「我是先回冰霜城安排一下，省得之後手忙腳亂的。」

「安排什麼？」

「如瑄，你怎麼會有這麼多白髮？」許多銀白被柔軟的黑髮遮掩著，隨著指尖滑過，絲絲縷縷地浮現。

那有些冰涼的手指，讓衛泠風忍不住側頭避開了碰觸。

「對了。」百里寒冰收回手，眼睛卻還是盯著他的頭髮，「等回去以後，我讓人去庫房把何首烏找出來，應該會有些許效果吧。」

「回去以後？回去哪裡？」衛泠風一臉戒備地看著他，「百里寒冰，你到底什麼意思？」

「散了這麼久的心，也是時候該回家了吧。」百里寒冰看著他的目光充滿了縱容和寵溺，彷彿在看一個頑皮又是自己最疼愛的孩子，「如瑄，我們回去了。」

衛泠風沒有任何反對的機會，他剛張開嘴，眼前便陷入一片黑暗。

衛泠風再次張開眼睛，看到的已是白色輕紗的帳頂。那輕紗潔白如雪，透薄得像一團隨時會落下的輕薄霧氣。一種莫大的恐懼在衛泠風心裡升起，驅使著他從床上爬起身，跌跌撞撞地跑到門邊。

拉開門，明亮的陽光迫使衛泠風用袖子遮住了眼睛。從袖子下看出去，他能看到曬著藥材和書本的小院、院牆外隱隱露出的飛簷亭臺和遠處終年覆蓋著皚皚白雪的山頂。

眼前所能見到的一切，讓時光宛如倒流回很久很久以前。兜兜轉轉這麼多年，誰想又會回到了這裡，回到這個困了他半生的地方。衛泠風搖搖頭，輕輕地笑了。其實他並不想笑，只是除了笑，他根本不知道自己到底還能做些什麼。

「瑄少爺。」院門那裡，一個穿著青色衣衫的年輕人微微彎著腰，用一種極為恭敬的語氣對他說，「城主吩咐過，要是您醒了，就請去偏廳用膳。」

「你是……」衛泠風覺得那輪廓熟悉，卻又想不出在什麼地方見過這個人。

「瑄少爺，我叫白猗明，是冰霜城的現任總管。」那張年輕的臉上，有著與年齡並不相襯的成熟滄桑。

「猗明？」是那個當年一直跟著自己的孩子嗎？

「是。」白猗明走了過來，把手上拿著的外衣遞給他，「城主囑咐過，待您就如待他，不論您有什麼需要，可以儘管吩咐我。」

「好久不見。」對方刻意的疏遠，讓衛泠風也跟著拘謹起來，「白總管，你父親他們可還好？」

「我父親年前就已經去世了。」

「什麼？」他被這個消息嚇了一跳，一下子愣在那裡，「怎麼會？白總管他……」

「這些年，我父親的身子一直不好，這次病了沒能拖過年關。」白漪明輕飄飄地一語帶過。

白總管身體一向很好，武功也不錯，是在壯年時得了什麼病……衛泠風皺起眉頭，覺得有些奇怪。

「瑄少爺，城主還在偏廳等著。」白漪明提醒他。

衛泠風看了眼低眉順目，卻顯然拒自己於千里之外的白漪明，默默地穿上外衣。他想著，去見了那個把自己強行帶回這裡的百里寒冰，也許就能問清楚這種古怪感覺是怎麼回事了。

子夜呉歌

第九章

花木扶疏，水榭樓臺，一路景物依舊，卻又有些不同。

好安靜。

為什麼走了這麼久，都沒有遇上任何人，甚至沒聽到半點聲響？

雖然冰霜城向來不是喧鬧的地方，可現在好像太過冷清了。衛泠風慢慢停下腳步，站在迴廊上茫然地四處張望。

「是為了不吵到城主，所以才要求城裡的下人們保持安靜。」他身後的白漪明似乎猜到了他的疑惑，「久而久之，大家也就習慣了。」

「保持安靜？為什麼？」

白漪明低下頭，擺明不願意回答這個問題。

衛泠風回過頭，卻對上了另一雙漆黑清亮的眼睛。

有一瞬間，衛泠風還以為那是百里寒冰，但一定神才知道並不是。

站在轉角的，只是個有著漆黑眼睛的孩子。

「那孩子是……」雖然稍嫌瘦弱，但輪廓卻十足地相似。

「如霜。」他在發呆的時候，白漪明已經走了過去，對著那個孩子說：「你怎麼跑到這裡來了？大家一定在到處找你，快點回去吧。」

說話間，就要把孩子拉走。

「等一下。」衛泠風上前幾步，攔住了他們，「這是不是紫盈的……」

白漪明猶豫了一下。

「怎麼了？」其實酷似的模樣已經給出了答案，他問也不過是想要更加確定。倒是白漪明的反應教人奇怪，是與不是這樣的問題，到底有什麼好猶豫的？

「這就是如霜，少爺。」白漪明在他的凝視中點了點頭，但表情依然很是古怪。

衛泠風走到那孩子面前，蹲下身與他平視。

「如霜嗎？我是……」他剛想自我介紹，卻想起自己複雜尷尬的身分，不由愣在那裡，無以為繼。

那孩子和他四目相對，眼底一片清澈堅毅，這樣的目光讓他想到了已然死去多年的紫盈。一想起紫盈，衛泠風胸口又隱隱約約抽痛起來。他放低視線，嘴角往上彎了彎，勉強扯出弧度：「我是來城裡作客的，不久就會離開了。」

那孩子突然朝他的面容伸出手，他直覺地往後一仰，那孩子的手頓在了半空。僵持片刻，那孩子又一次把手伸過來，他也不再閃避。眉宇間被有些微涼的柔軟指尖輕輕碰觸了一下，又輕輕一揉，似乎想要推開他糾結的眉頭。

衛泠風放鬆神情，嘴邊的笑容也變得自然起來，那孩子收回手，怯生生地朝他一笑。

「你應該也有十一歲了吧，只是一轉眼而已……」

「瑄少爺，如霜不會說話。」

衛泠風的笑容頓時凍結在臉上，仰頭看向站在身旁的白漪明。

白漪明一臉平靜地對著他：「已經有兩三年了，大夫說並非身體有恙，或許過幾年就會好的。」

不是身體有恙，那是心病嗎？

「漪明。」衛泠風慢慢地站起身，盯著白漪明的眼睛，「這些年裡，冰霜城……」

「瑄少爺，城主一定等急了。」白漪明打斷他，「我們還是不要在這裡耽擱太久才好。」

「但是……」

「如瑄。」正說著百里寒冰，百里寒冰就到了，「我算算你該醒了，就在偏廳準備了飯菜，你怎麼還在這裡？」

衛泠風回過頭，看著正沿迴廊走來的百里寒冰。

「漪明，你怎麼做事的？」百里寒冰臉上帶著微笑，「不是告訴你要盡快把如瑄帶過來嗎？」

「是屬下失職。」白漪明朝著百里寒冰行了個禮，「還請城主原諒。」

「不，是我要和如霜……」衛泠風低下頭，卻不見那個小小的身影，一下子呆住了：「如霜呢？」

他問的是白漪明，白漪明卻像什麼都沒聽到，自顧自地垂手站在那裡。

「如霜？」百里寒冰皺了下眉，問他：「誰是如霜？」

「你說什麼，如霜自然是你的……」衛泠風說到這裡便停了下來。

他用疑惑的目光看了看百里寒冰，然後又去看白漪明。

「怎麼了？」百里寒冰見他魂不守舍地盯著白漪明，眉頭越皺越緊，伸手把他的臉轉回自己這邊，「是不是封了太久的血脈……如瑄，你有哪裡不舒服嗎？」

「我沒事。」衛泠風驀地一震，急忙仰頭脫開了他的手掌。

「沒事的話，就快去吃飯吧。」百里寒冰拉著他的手往偏廳走，「我特意讓人準備了你喜歡的菜色，這些天你都沒有進食，恐怕餓壞了吧。」

「等一下。」衛泠風試探著問了一句，「你不認識如霜嗎？就是方才和我在這裡說話的那個孩子。」

「似乎是往後院走了，興許是哪個下人的孩子吧。」百里寒冰停了下來，認真地看著他問：「怎麼了？有什麼不對嗎？」

衛泠風好一會才有了反應。

「不。」他動作緩慢地搖了搖頭，「我只是沒想到你不認識那孩子，沒想到你會……」

「冰霜城裡這麼多人，我也不是每一個都認識，更別說是那些下人的孩子了。」百里寒冰沒心思理會什麼孩子不孩子的，一心只想著拉衛泠風去用膳，「我們快些過去吧，飯菜都要涼了。」

百里寒冰不認識自己的兒子？如果那是真的……

「又怎麼了？」百里寒冰又夾菜到他碗裡，讓他碗裡的飯菜都快要溢出來了，「你怎麼都不吃？」

「我已經飽了。」衛泠風把碗筷放回桌上。

「怎麼了?你吃不下嗎?」百里寒冰問他,「是飯菜不合口味?還是真的哪裡不舒服?」

「不是的。」衛泠風搖頭,「其實我也不餓,吃這些就已經飽了。」

「我都忘了,你這麼久沒吃東西,吃這些對腸胃不好。」百里寒冰站了起來,「我這就讓人去煮些粥,再炒幾個清淡的小菜過來。」

「不用了。」衛泠風連忙拉住他的袖子,「我是真的已經飽了。」

「真的嗎?」

「真的。」衛泠風用力點頭。

百里寒冰雖然不太相信,但也沒有再堅持下去。

「我有事問你。」衛泠風低著頭想了想,決定心平氣和地再問一次。

「好啊。」百里寒冰坐回椅子上,「你儘管問吧。」

屋裡只有他們兩人,敞開的大門外綠影重重,卻因過於濃重的靜謐而顯得有些陰沉。

「你還記不記得？」衛泠風的目光望向門外，「當年，我是為了什麼才離開冰霜城的？」

「這……」百里寒冰頓了頓，對他說：「都已經過去這麼些年了，就讓它過去不好嗎？」

「你只管答我就好。」

「好吧。」百里寒冰皺了皺眉，「是我在和紫盈成親的那一年，特意把你從外面喊了回來。只是我當時也沒想到，紫盈她會對你日久生情。我發現了這件事情之後，就逼著你離開。如瑄，我當時也是迫不得已，我的心裡其實……」

「那後來呢？」衛泠風打斷了他，目光依然望著門外，「我走了之後，又出了什麼事？」

「之後不久，紫盈就過世了，我想她可能是因你的離去鬱鬱而終。這些年，我一直得不到你的消息，也不敢去找你，直到前些天，從雨瀾那裡得知了你的消息。我追著你，然後看到你從岳陽樓摔了下來……」百里寒冰用力地呼了口氣，「還好我跟著你，還好……」

「有什麼好的？」衛泠風忽然笑了幾聲，「這簡直糟糕透頂。」

百里寒冰被他攪得一頭霧水，忍不住問：「如瑄，你到底想問我什麼？」

「你有沒有騙我？」衛泠風把頭轉了回來，盯著他的眼睛，「我想問的，只有這一句話而已。」

「沒有。」百里寒冰很輕卻很堅定地告訴他，「我絕對不會騙你。」

「所以我說了，簡直糟糕……」

百里寒冰疑惑地看著他。

「真的有這麼嚴重嗎？」衛泠風愣愣地問，「我以為對你來說，那根本沒什麼，至多只會讓你內疚後悔，然後一輩子記得。可你現在這樣又算什麼？你為什麼不索性把我也忘了，那樣不是更好？」

「如瑄，你在說什麼？」百里寒冰有些忐忑地問道。

「難道你什麼都不記得了？那些事情都……不關你的事了？」衛泠風雖然

笑著，眼裡卻毫無笑意，「你永遠立於不敗之地，沒有任何人、任何事能傷得了你。百里寒冰，你真是了不起。」

「如瑄，不要笑了。」百里寒冰站了起來，用力抓住他的肩膀，「你告訴我，到底出了什麼事？」

「我該怎麼辦才好？師父，你倒是教教我啊……」衛泠風掙脫他站了起來，逕自往門外走去。

「如瑄。」百里寒冰追在他身後。

「對不起，我想一個人靜靜。」衛泠風沒有回頭看他，只是喃喃地說：「我要想一想，好好想一想……」

目送著衛泠風單薄的背影消失在迴廊盡頭，百里寒冰低下頭，看著從自己衣衿裡滑出的白玉蝴蝶。

「如瑄。」他對著那只蝴蝶說話，就好像對著如瑄訴說：「能和你相伴一世的人，我一定會幫你找到的。如瑄，我一定要讓你是這世上最幸福的人。我會的，一定……」

漆黑沉靜的眼裡，不知深藏幾許痴然執著。

衛泠風越走越快，最終踉踉蹌蹌不成步伐，下臺階時，一步踏錯，結結實實往前跪倒在地上。他也不爬起來，一徑呆呆地看著眼前青磚鋪成的地面。

「瑄少爺，你沒事吧？」一雙黑色布面的鞋子出現在他面前。

他木然地抬起頭，望著面無表情的白漪明。白漪明也沒有任何不自在，平靜地任他看著。

「他……他怎麼了？」衛泠風伸手抓住白漪明的手，「漪明，他這是怎麼了？為什麼……為什麼他……」

「城主已經瘋了。」白漪明冷靜簡單地回答，「他無法原諒自己逼死了你，在十年前就已經瘋了。」

「你胡說！」衛泠風從地上站了起來，用力拽住白漪明的衣領，「他好好的，他不是好好的嗎？你不許胡說！」

「他的武功在某個階段停留許久，照理說很難再有突破，但你死了之後，他把自己關在劍室，短短三個月，他在劍術上的成就便達到了無人可比的巔峰。但也是從那個時候開始，他變得十分奇怪。」白漪明絲毫沒有被他狂亂的模樣嚇到，「表面看來，他的言行舉止一切如常，脾氣甚至比從前還要溫和可親。但他要求每個人保持安靜，說你討厭喧鬧，太過吵鬧你就不會回來了。他還對著空無一人的地方說話，恍若你就在面前。不論是誰，只要敢在他面前提起你已經死了，他會立刻勃然大怒，說『你們居然敢詛咒我的如瑄』。從那時候開始，百里寒冰就變成了一個擁有絕世武功的瘋子，一個發了瘋的絕世高手。」

「不是，不會的……」從指尖到腳跟，衛泠風覺得自己每一寸都在顫抖，怎麼也止不住。

「這十年來，他反反覆覆對每一個人強調，你只是和他嘔氣，跑到外面散心。他會在冰霜城等著，一直等到你回來的那一天。」白漪明的嘴角扯出嘲諷的弧度，「他記得自己逼著你離開冰霜城，卻不記得你曾經回來過，還說夫人因病而死，根本不記得自己的妻子曾經為他生過一個兒子。在他看來，他從來沒有兒子，所以如霜於他根本不存在。瑄少爺，你根本無法想像，因為你的死，他變成了什麼樣子，冰霜城又變成了什麼樣子。」

「為什麼要這樣，他為什麼要這樣？」衛泠風用自己顫抖的手指，更加用力地扯住白漪明的衣領，「不過就是一個他討厭的騙子死了，他便內疚得發了瘋？這太可笑了，太可笑了……」

「我不知道這可不可笑，我只知道他非但不討厭你，而且從來都是把你如珠如玉地放在心上。」

「你別騙我了！他不愛我，他從來沒有愛過我……」

「瑄少爺，要我說的話，這世上真摯的情感，也並非只有愛情。」

對著白漪明那雙冷靜理智的眼睛，衛泠風瞬間力氣全失，緩緩地鬆開了緊抓在他領口的手指。

「愛戀雖令人為之痴狂，但往往是一時片刻的鏡花水月。被珍愛至親之心疼惜憐愛著，難道比不上那也許轉瞬即逝的愛情嗎？」白漪明看著他的目光帶著憐憫，「你捫心自問，如果當初你明明白白地告訴他，你煉製千花凝雪會有性命之憂，那他會不會要你為了救人而丟了性命？」

衛泠風渾身一震，整個人無力地滑坐到地上。

「恐怕他寧願對恩人不義，也不會讓你有絲毫損傷吧。」白漪明嘆了口氣，「雖然你在他心裡，也許永遠都不可能成為情人，但卻永遠是他最疼、最寵的人。若不是你想要占有他身心，想要讓他像自己一樣為情痴狂，想著就算得不到愛也要有恨，要讓他一生一世記著自己，又怎麼會變成如今的局面？」

衛泠風張了張嘴，卻是什麼辯駁的話也說不出來。

「瑄少爺，你好好想一想，他是差點害死了你，可你不也一樣把他逼瘋了嗎？現在你沒死，他卻真真正正地發了瘋，你看似為他痛苦半生，他又何嘗不是為你累此一生？」

白漪明把他不知不覺抓上自己下襬的手扯開，對他搖了搖頭，「也該是時候放手了。」

其實也說不上是病，和癔病或瘋癲更是完全不同。多數情況，是因為頭部受了重創，病人醒來之後就忘記過往，包括自己是誰，家人朋友盡數不識。那樣的話，病人過一陣子也許會想起來，或永遠也想不起來，這要視情況而定。

但還有些不一樣。他們沒有外傷，只因強烈的刺激或超出負荷的重壓，就有了和上述相似的症狀。雖然他們不一定會失去所有記憶，也不一定會忘記家人朋友，但那些他們希望從未發生過的事情，或是希望自己不認識的人，他們都會如願地完全遺忘。

不是假裝，而是真的從記憶中剔除了不願接受的部分。因為他們只能靠著相信那些事、那些人從不存在，來挽救自己瀕臨崩潰的神智。若非被逼得走投無路，又有誰能強迫自己將這些記憶捨棄呢？所以這種情況，幾乎沒有依靠外力治癒的可能。

從日落到月升，衛泠風一直在想。

子夜時，烏雲滿天，映在窗櫺的月光消失無蹤，他坐在一片漆黑的屋裡，感覺分成兩半的心在黑暗中爭執得越發激烈。

當斷不斷反受其亂，衛泠風啊衛泠風，你到了這個時候還扭捏作態只顧自己，難道不覺得可恥嗎？

我是放了手，我不是早就發誓要放手了嗎？是他不放過我，是他把我拖進了這個惡夢，讓我根本沒辦法安安靜靜地活著。是他的錯，都是他的錯！

白漪明說得對極了，你就是不知足，你知道他當你是子侄一般，永遠不會把你看做至愛，所以那時什麼都沒說，存心要看他為你痛苦後悔！明明是你自己不想活，卻把一切怪罪到他身上，處處擺出他虧欠你的模樣。真的是他的錯嗎？如果不是你始終忘不了放不下，又怎麼還會和他藕斷絲連地糾纏在一起？是，我是忘不了，我就放不下，那又怎麼了？我不信有誰能忘記。除了他……他怎麼可以忘了……怎麼可以……

忘了有什麼不好？忘了才能心無芥蒂，才能徹底擺脫你強加於他的痛苦。你不是口口聲聲希望他能徹底擺脫過去，不要像你一樣被累了一生嗎？

我不要！為什麼他可以把一切忘記？別人倒也罷了，但他怎麼能忘記？他怎麼可以忘記我曾經告訴過他，我愛了他那麼久那麼久……

胸口一陣氣血翻騰，衛泠風急忙用手捂住嘴。接著一陣咳嗽，咳完之後他對著自己的手掌發呆，縱然眼前幾是伸手不見。

其實，忘了多好？幸好，幸好他不記得那個晚上，不記得那該死的千花凝雪……

這一夜，百里寒冰也沒能睡著。

他毫無睡意，索性披上外衣在窗邊坐著，遙遙遠眺衛泠風所住院子的方向。縱然被重重樓臺阻隔，但他似乎能夠看到那人伴著一盞孤燈獨坐，一身黯然孤寂的模樣。

從這裡到那頭，不過眨眼的功夫就能抵達，然後推門進屋，就能見到他，就能和他說話，就能夠告訴他：如瑄，你有什麼委屈難過，一定要和我說。

可如瑄會怎麼回應呢？

他一定會淡淡地說：我不想和你說話，請你出去吧。

如果是十年前的如瑄，絕不會說那樣的話，絕不會對自己這般冷淡。可是如今的如瑄就是這樣，一直說著那樣的話，對自己那樣冷淡。

這長久分別之後的重逢，好像在他們之間劃出了一道無法逾越的天塹鴻溝。

想著想著，百里寒冰眼前有些混亂，恍惚中，好似看到了十六七歲的如瑄。

少年時的如瑄臉色煞白，白色的衣衫上浸透了半身血漬，目光滄桑而深遠。

他想喊如瑄的名字，想問他怎麼了？可是受了傷？到底是誰傷了他？但他卻怎麼也發不出聲音，連一根指頭也動彈不得。

你回來之後，就不會再見到我了。

對望了許久，如瑄微笑著說了這麼一句，然後轉身飄然而去。

「如瑄！如瑄！」他掙扎呼喊著醒來，方才知道自己倚在窗前睡著了，而所見種種不過是南柯一夢罷了。

「做惡夢了嗎？」如瑄就站在窗外，帶著有些滄桑的面容，不再是十六七歲的模樣，目光卻一樣幽遠深邃，正輕柔溫和地對著他說：「春寒料峭，睡在這裡會著涼的。」

他站起身，肩頭披著的衣衫滑了下去也懵然不覺。

「如瑄……」

「嗯？」如瑄挑起眉，對著他淺淺一笑。

他探出身，隔著窗戶一把將如瑄擁在懷裡。如瑄只是僵直一瞬，就溫順地任他擁著。

「我夢見你身上……你身上都是血……你還對我說，我見不到你了……」

他心裡依然留著驚悸，說得有些詞不達意：「那不是真的對不對？那不是真的……」

「不過是夢罷了。」如瑄舉起手，撫過他披散肩頭的漆黑長髮，「我一直在這裡，哪裡也沒有去過。」

「如瑄……」百里寒冰隱隱覺得哪裡不對，不覺地放開了摟在懷裡的人。

如瑄手中還握著他的一縷頭髮，溫和的目光和淡淡淺笑，分明就是他記憶中的如瑄。

「師父，你先去梳洗，過會我幫你把頭髮挽起來吧。」如瑄鬆開手中的髮絲，無奈地望著他，「一天到晚披頭散髮的，實在太不像樣了。」

「如瑄，你喊我什麼？」百里寒冰愣愣地問，「你喊我……」

如瑄揚起嘴角：「難道我會錯意了？你不願意認我這個無用的徒弟？還是

你想讓我用其他的稱呼……」

「不是的！」他急急忙忙搖頭，「你突然這麼喊我……如瑄，我真的不知……」

如瑄的目光暗了暗，但也只是在低頭的那一刻。

「一日為師，終生為父。」抬起頭時，他又變回了百里寒冰所熟悉的、也最希望看到的如瑄，「師父，昨晚我好好想過，現在也已經想明白了。雖然我們名為師徒，但你一直把我視如己出般呵護疼愛，就好像是把我當成你自己的……如果師父不嫌棄，我願意做你的螟蛉義子，從今以後尊你敬你，把你當作父兄跟隨侍奉，這樣可好？」

「如瑄，你這是……」百里寒冰欣喜的表情，在聽完這番話後，慢慢變成了疑惑不解。他想不通為什麼一夜之間，如瑄的態度好似翻天覆地，不但喊自己「師父」，居然還說……

「如瑄，你說要做我的義子，可是當真？」

「師父是嫌棄我出身低微，不可高攀嗎？」

「自然不是，只不過……」百里寒冰愣了一會才說：「這事不可輕率，需好好準備，還是先緩一緩，以後再說，好嗎？」

如瑄倒也沒有堅持，笑著點了點頭。百里寒冰只能跟著笑了，但笑容卻有些僵硬。他不明白，為什麼只隔著一扇窗戶，眼前這個溫溫柔柔的如瑄，卻比昨夜那個冰冷淡漠的如瑄，更加地……遙不可及……

子夜呉歌

第十章

「你過來啊。」他半蹲著，朝角落裡招了招手，「這裡有好吃的點心喔。」

那孩子黑白分明的眼睛眨了眨，又直勾勾地盯著他。

「你過來的話，我就請你吃這個。」他從盤子裡取出做成小兔子模樣的點心，「這是很甜很好吃的……」

「瑄少爺。」

這幾天他已經漸漸習慣有人無聲無息地在背後出現，所以也不再像開始的時候那樣容易被嚇到了。

「是你啊，漪明。」他滿面笑容地轉過頭，「有什麼事嗎？」

「您總是追著如霜到處跑，這樣似乎不太好。」白漪明想了想，才說出了心裡的話：「如霜不是小狗，您不該拿食物逗他。」

「我沒把他當成小狗。」如瑄聽他說得有趣，「噗哧」一聲笑了出來，「我只是做了些點心，想讓他嘗嘗。」

不過，那孩子水汪汪的黑眼睛，看起來是倒有些像……想到這裡，他笑得越發開心了。

「瑄少爺，您變了許多……」白猗明疑惑地盯著他看。

「人總不會過了這些年，還是十五六歲時的性情吧。」他站起身，動了動有些痠麻的腿，「或者我根本沒什麼變化，只是你覺得我變了，所以我才變的。」

白猗明皺了下眉，沒聽懂他這話是什麼意思。

「不說這些了。」如瑄笑著搖了搖頭，「猗明你也快二十歲了，成家了沒？」

「沒有。」

「是嗎？」他有心和這個自己看著出生長大的孩子親近些，不過對方顯然並不樂意。他低頭看了看手裡端著的點心，訕訕地說：「我還以為……」

「你也可以的。」白猗明突然打斷他。

「什麼？」

「一個尋常男子到了你這個年紀，大多都是兒女成群了。」白漪明目光複雜地看著他，「不孝有三，無後為大，你就從來沒想過要成家立業？」

「我一個人已經慣了。」他的目光令如瑄感到迷惑，「再說我這個樣子，就算有姑娘願意嫁給我，我又怎麼敢娶呢？」

「為什麼這麼說？」

「這……」如瑄頓了頓，才笑著回答：「我一無人才、二無錢財，有哪家的姑娘會願意嫁給我這樣的人。」

白漪明張了張嘴，卻沒有再說什麼。

「漪明，你到底想對我說什麼？」

「不，沒什麼。」白漪明搖搖頭，「你自己小心就是了。」

如瑄莫名其妙地看了他半天，末了長長地嘆了口氣。

「果然你才是變了許多，變得像個心事重重的小老頭一樣，和你說話不知多費勁。」他裝作一臉擔憂的表情，「這個樣子，哪有女孩子會喜歡啊。」

白漪明臉色微變，顯然很不滿意他的說法。

「生氣了？」如瑄把手裡的兔子點心放到他嘴邊，「那這個給你，當成賠罪好了。」

白漪明的臉有點發青，抽動了兩下嘴角才說出話來：「多謝瑄少爺的美意，我……唔……」

他說話的間歇，如瑄趁隙把點心塞到了他的嘴裡。

白漪明被塞了滿嘴點心，和平時冷靜的樣子立刻天差地遠起來。如瑄正想開口調侃他兩句，卻感覺袖子被用力扯了幾下。低頭一看，才發現那個總不願意靠近的孩子，第一次主動走到了自己身邊。

「如霜也要吃嗎？」他驚喜地問。

百里如霜黑漆漆的眼睛在他身上轉了一圈，然後不怎麼情願地點了點頭。

「那你自己挑一個吧。」他把盤子雙手托好放低，讓百里如霜自己挑選。

百里如霜看了看盤子又看看他，他給了一個鼓勵的微笑。百里如霜突然迅速地伸出手，從他手裡把整個盤子搶了過去，而他根本反應不及，只能呆呆地看著那孩子一溜煙地不見蹤影。

「城主。」白漪明突然喊了一聲。

如瑄直起身子，面對走過來的百里寒冰，也輕聲地喊了聲「師父」。百里寒冰走到跟前，先看了看白漪明，又望向如瑄，神情有些怪異。如瑄覺得奇怪，用詢問的眼神看著白漪明，可白漪明的頭垂得太低，任何表情都看不到。

「如瑄。」百里寒冰伸手扣住他的下巴，把他的臉轉向自己。

「啊？」如瑄被嚇了一跳，面上卻鎮定地問：「師父找我嗎？」

「我到處找你。」百里寒冰鬆開手，帶著一絲不悅地說：「你在這裡做什麼？」

「我做了些點心，特意拿給如霜嘗嘗。」他低頭看看自己空無一物的手心，笑著說：「看起來，他還算是喜歡。」

「如霜？」百里寒冰一愣，「是那個……城裡的孩子嗎？」

「你認得他？」

「上次見到的那個孩子嗎？」百里寒冰不明白，如瑄怎麼會為這種事情面露喜色，「怎麼了？」

「如霜是個特別的孩子。」他特意地強調了「特別」這兩個字，「也許什麼時候，你能見一見他，說不定……」

「這些事以後再說吧。」百里寒冰打斷他，「我今天找你是為了……跟我去劍室一趟，我有些事要同你商量。」

「劍室？」如瑄點點頭，「好啊。」

陽光和煦，穿著一身白衣的百里寒冰走在前面。在陽光裡，他的衣服和手指看上去都有些透明，漆黑的長髮如瀑布般垂落身後，隨著他的步伐飄揚起伏。

如瑄抬頭又低頭，低頭又抬頭，心不在焉地跟在後面。等他看到百里寒冰停下時，已經收步不及，整張臉都埋進了那如水一般柔滑的黑髮之中。無聲的嘆息從他嘴中吐出，消散在百里寒冰美麗的髮間。

「如瑄。」

百里寒冰的聲音比平時聽起來沉重許多，就像近在咫尺……

「對不起。」他猛地往後退出很遠，臉色都變了。

「對不起什麼？」百里寒冰笑著搖了搖頭，「總這樣迷迷糊糊的，讓我怎麼能放心呢？」

如瑄剛想問放心什麼，卻見他已推門進了劍室，只能滿腹疑慮地跟了進去。

他已經很久沒有踏進過百里寒冰的劍室，站在和室外相比明顯陰冷許多的青石地上，他對著牆上那個龍飛鳳舞的「劍」字發呆起來。

百里寒冰的劍室和藏寶密室一樣，同屬冰霜城中的禁地。如非特許，尋常時候任何人不得靠近。但是這「任何人」中，從來不包括自己。百里寒冰練劍之時不容打擾，但卻允許自己隨時到劍室找他。其實他對待自己，真的非常不同。

「如瑄。」百里寒冰已經走到了另一頭的書案，回頭看到他呆站著沒有跟上，「你怎麼不過來，在看什麼？」

「我只是想起從前。」他走到了那堵牆面前，用手指輕輕撫摸著那個比他大上許多的「劍」字，「我還記得那時候，你要我每日對著這個字練習揮劍一千次，可我卻連兩百次都堅持不下來……」

「你還說呢，你看起來聰明機靈，好像什麼事都難不倒的樣子，卻對武功一點天分也沒有。」百里寒冰不知是好氣還是好笑，「我還是第一次知道，居然有人會因為練習揮劍三番五次傷到自己的。」

「其實，當時我多少有些故意表現得那麼笨拙。」他轉過身，對著來到身後的百里寒冰說，「雖然你的劍術冠絕天下，但我對於武學根本沒有半點興趣。只是我當時剛拜入你門下，要是拒絕學武又不太合適，於是就敷衍練習，想著要是你覺得我並非可造之材，多半也就會慢慢放棄了。」

「果然是這樣。」百里寒冰卻異常平靜，「我就說，你那過目不忘的腦子，又怎麼會連最簡單的劍招都記不住？」

「果然？難道你……」是知道的嗎？

「你不會以為，我連你是真笨拙還是在敷衍都分辨不出來吧。」百里寒冰曲起食指，作勢敲了敲他的額頭，「明明記住了，卻故意讓我演示了一次又一次，戲耍師父就那麼有趣嗎？」

「不是戲耍你。」如瑄任他敲了兩下，認真地對他說：「我覺得你練劍時比平時還要好看，為了多看一會才那麼做的。」

因為他的眼神過於認真，認真得就像這一句話裡還隱藏著其他重要的東西一樣，讓百里寒冰呆了一陣才回過神來。

「看在這動聽的奉承上，為師就不和你計較了。」他在如瑄額上輕輕屈指一彈，「也不知道這裡都裝了些什麼念頭，從小就那麼多古怪。」

「若我心真能換成你心，世人之間也不會有那麼多隔閡了。」如瑄說了一句很奇怪的話，「若不是你向來對旁人冷淡疏遠，偏只對我一個人處處縱容，我又怎會如此沒有分寸？」

「不要胡說，你哪裡沒分寸了？小時候的你不知多麼乖巧貼心，我縱容你也是理所當然。」百里寒冰拋開那種奇怪的感覺，「話說回來，你雖然聰明過人，但體質骨骼都不適合習武。只是我當時覺得可惜，才勉強你跟我學劍，但無法強求的事情，始終是不能強求的。」

「我沒有學劍，師父一直覺得遺憾嗎？」

「當然不是，我很慶幸你那時練功馬虎，不然的話……」他不由自主地伸出手，把如瑄的手抓緊，「那一次差點把我嚇得半死，還好你平時練功也馬馬虎虎，才不至於到了不能挽回的地步。」

「我倒是不怎麼害怕。」如瑄愣愣地看著他的手，「我一直聽到你在對我說話，那次……要是聽不到你的聲音，我一定會很辛苦……」

「你別多想，我從沒介意你學不學劍。」百里寒冰拉著他往擺放著桌椅案几的內堂走去，「就算武功再高，也會有做不到的事情。武功不好，其實也沒什麼稀奇的。」

這是什麼話？這種話，又怎麼會是視劍如命的百里寒冰所說的。如瑄有些茫然失措，任著他把自己拉到內堂。

百里寒冰把如瑄按在椅子上，還沒來得及開口，就看到如瑄猛地跳了起來，急急忙忙衝向一處角落。

「怎麼了？」他足尖一點就跟到了如瑄身旁。

「這不是……」如瑄瞪大眼睛，不能置信的目光從角落移回他的臉上，「你怎麼把冰霜劍放在這裡？」

角落裡，一把連鞘長劍被隨意倚放在牆上，正是冰霜城代代相傳的寶劍「冰霜」。

「你說這把劍……」百里寒冰輕描淡寫地說，「我已經不需要有形之劍，就把它放在這裡了。」

「你不需要，就能把這麼重要的東西隨處擺放嗎？」如瑄愣愣地說，「若是百里家的祖先地下有知，不知會多麼生氣。」

「如瑄，你不姓百里，不需要為百里家的祖先擔心。」百里寒冰笑了起來，「再說他們都在祠堂，又怎麼會知道這事呢。」

「這一點也不好笑……」他把冰霜劍拿了起來，遞給百里寒冰，「就算不用，也不能把祖傳信物隨便擺放，至少也該好好供在祠堂裡。」

百里寒冰接過劍，還隱約嘀咕了一句。

「你說謝揚風什麼？」冰霜劍和名劍門又有什麼關係了？

「沒什麼，我只是說謝揚風真是個多事之人。」百里寒冰把劍隨手放在桌上，「你放心，我會讓人把劍送到祠堂去的。」

「讓人？」如瑄覺得這話有些奇怪，「你為什麼不親自送去？」

「我已經很久沒去過祠堂了。」

「為什麼？」

「是啊，為什麼……」百里寒冰似乎被問住了，想了想才回答：「我也不知道，可能只是不想去吧。」

如瑄又是眉頭緊鎖，就像被極大的煩惱困擾著，百里寒冰喊他他也不回應，只能站在那裡默默地望著他。過了好一會，才見如瑄輕聲地嘆了口氣，又揉了揉自己的額角。

「如瑄，你哪來這麼多煩惱呢？」他小心翼翼地問，「又是皺眉又是嘆氣的，你到底在心煩什麼，不能說給我聽嗎？」

「百里……師父……」如瑄輕輕地搖了搖頭，「我不是煩惱，我只是擔心。我……我不知道該怎麼辦才好……」

「什麼事？你在擔心什麼？」

「有一個人……我在為一個人擔心害怕。」他喃喃地回答，「我不知道這樣下去他會變成什麼樣子，要是有一天我真的……那該怎麼辦才好？」

「那個人是誰?」

「啊?」如瑄從自己的思緒裡驚醒過來，才發現百里寒冰離自己很近，正表情嚴肅地盯著自己。

「那個人對你一定非常重要，你才會有這樣的神情。」百里寒冰的目光游移不定，在他臉上來回巡視，「如瑄，你老實告訴我，你有所愛之人了嗎?」

如瑄驚了一驚。

「所愛之人……」百里寒冰的表情給了他很大的壓力，他不由自主地咽了口口水，「沒有。」

「真的?」

如瑄猶豫了。

「那人是誰，不能告訴我嗎?」百里寒冰半垂眼簾，「難道說，連我也不能知道?」

如瑄看他擺出這種表情，沉默了一會，才澀澀一笑。

「什麼所愛之人……」他笑得苦澀，說得有些艱難，「我只是太習慣為那個人擔憂，一時半刻也改不了。也許等過些時候，就不會這樣了，這不是什麼愛不愛的，只是一個糟糕的壞習慣罷了。」

百里寒冰彷彿透過如瑄的眼睛，看到裡面那片又沉又重的陰翳，他突然覺得自己的胸口有些發悶，好像自己的心也跟著變得沉重起來。

「我該自私些的，是不是？」如瑄問他，「不論怎樣，我該為自己多想一些，不用再理會其他的事情了，對不對？」

百里寒冰想要點頭說「對」，卻感覺自己的頭突然間變得有千萬斤重，怎麼也動彈不了。

「師父。」如瑄對他露出笑容，「你也該說說，找我來所為何事了吧？」

「那個……」百里寒冰自己也不知道，為什麼現在會突然猶豫起來。

「師父想對我說什麼就請說吧。」如瑄好像從一個眼神一個表情，就知道他心裡在想些什麼，「你我之間也不用顧忌什麼，不論什麼事情，師父但說無妨。」

「我們先坐下好嗎？」百里寒冰輕聲要求。

如瑄順從地點了點頭，走到椅子那裡坐好。百里寒冰卻走到了另一邊的書架旁，抬著頭發起了呆。

如瑄雖然奇怪，但也沒有催促他，只是靜靜地等著。

「其實，我找你來，是有一件很重要的事情想和你商量。」百里寒冰還是低著頭，「只是商量，並不一定要答應。」

「嗯。」如瑄點點頭，表示自己清楚了。

百里寒冰伸出手，從書架上取下一大堆書畫卷軸。

「如瑄，你今年也已經二十八了吧？」

「是……」如瑄猜不出他的用意，答得有些遲疑。

「快到而立之年了啊，」百里寒冰捧著那堆卷軸，語氣頗為感嘆，「時間過得真快，不是嗎？」

「是……」這一次如瑄答得更加遲疑，因為百里寒冰的語氣讓他隱約有種不好的預感。

「如瑄，你……」百里寒冰猶豫著，但最終還是說了出來：「你可曾想過該要成家了？」

如瑄從椅子上跳了起來，臉色青慘得有些嚇人。

你就從來沒想過要成家立業……你自己小心就是了。

先前白漪明說的那些話冷不防跳了出來，讓他的腦袋變得一片空白。

「我上輩子一定欠了你很多很多……」就算瘋了，你還是有本事讓我傷心難過。如瑄重新坐回椅中，嘴角揚起微笑。不是苦笑也不是嘲笑，更不是怒極反笑，他單純只是笑了。

他只覺得這些事好生滑稽。

「很久以前我倒是想過，終有一天你會問我這個問題，到時我該如何回答應對呢？」止住笑之後，他對百里寒冰說：「沒想到今天我居然真在你嘴裡聽到了。看來，這果然是命裡註定要答的問題啊。」

「你……不願意嗎？」百里寒冰端詳著如瑄平和的表情，心跳得厲害。就算昔年面對謝揚風那奪天地化的神來一劍之時，他雖然也是心中激蕩，但心跳的程度卻根本不能和此刻相比。

「我一直沒有娶妻生子，對你是不是一樁憂心憾事？」如瑄想了想，問他：「要是我完成了這終生大事，你是不是就不覺得有什麼遺憾了？」

「不能說是憾事，但……」百里寒冰握緊了手裡的卷軸，「如瑄你相信我，我是真的希望有一個足夠好也足夠與你匹配的人，能夠和你晨昏相守，與你長伴終生。」

「與我晨昏相守、長伴終生……嗎？」如瑄痴痴地念了一遍，臉上露出淡淡的微笑與嚮往。

那一絲嚮往，卻令百里寒冰的心一沉。

「我就奇怪，師父當初匆忙趕回冰霜城，我還想到底是安排什麼，原來是安排著替我張羅親事啊。」他朝百里寒冰伸出手，「雖說少年夫妻，老來作伴，性情品德最是重要。可但凡男子，心中哪有不愛慕美色的？師父讓我看看你手裡的畫像，看你幫我找了些怎樣才貌兼備的美人呢？」

百里寒冰突然臉色一變，把捧在手裡的卷軸全部丟到牆角。

如瑄被他這種毫無理由的舉動嚇了一跳。

「做什麼？」他呆了呆，想去收拾那些七零八落的卷軸。

「別管了，我回頭讓人全部燒了。」百里寒冰拉住他，「如瑄，就當我什麼都沒有說過吧。」

「為什麼要燒了？」從半開的畫卷中能看到，多是些細膩精美的畫像，恐怕是出自名家的手筆，「你不就是找來給我看的？燒了豈不是很可惜？」

「我、我不是……我不是真的要讓你……」

「我知道的，你是好意，你怕我寂寞一生，更怕我年老後孤苦無依，所以要給我找個良伴。」如瑄用力握住了他的手，然後示意他鬆開自己，「我也沒有生氣，只是覺得有些突然，沒有準備罷了。」

百里寒冰無言以對，只能放開他。然後眼看著他跑去把畫卷收拾到桌上，一幅幅地攤開細看。

畫卷被一幅幅展開，又一幅幅被捲疊收好。如瑄看著畫，百里寒冰則看著他。

「師父心裡可有中意的人選，或者只需擇其一就可以了呢？」如瑄合上最後一張畫卷。

「如瑄，我看還是算了。」百里寒冰猶豫地說，「我知道你不願意，就當我從沒說……」

「師父又不是如瑄，怎知如瑄願不願意？」如瑄舉手阻止了他，「再說，這話明明已經說出來了，你心裡明明是這麼希望的，我這個做徒弟的又怎麼能讓師父感到失望呢？」

百里寒冰咬了咬牙，卻找不到話來反駁。

「要是師父沒有特別中意的人選，我心中倒有一個。」

「哪個？」百里寒冰問完，卻恍然想起了一人，「你是說，司徒朝暉府裡那個叫明珠的歌姬？」

「明珠是個不錯的女子……」

「不行。」百里寒冰想都沒想就說，「一個風塵出身的歌姬，怎麼配得上你？」

「配不上？」如瑄啞然失笑，「明珠她……」

「總之，不可以娶明珠。」百里寒冰斷然地說，「我知道她對你有意，就算沒有接受，但你心裡一直對她懷有歉疚。因為內疚而娶她為妻，對你來說太過委屈了，我絕對不會同意的。」

如瑄沒想到百里寒冰會說出這樣的話來，一時之間愣在那裡，好一會才如夢初醒般點了點頭。

「幸虧你提醒了我，我已經有負於她，怎麼還能這麼做呢？」他揉了揉額角，「是我想得太不周到了。」

「那我們不娶……」

「師父放心，我不會娶明珠的。」如瑄捧起那些整理好的畫卷，「不過終生大事，總要慎重些才行，我把這些拿回去細細地看看，等有結果再和師父說吧。」

「如瑄……」

如瑄抱著那些卷軸，朝他微微點頭後就轉身離開，沒有給他再說什麼的機會。百里寒冰坐了下來，對著空出一大片的書架發起呆。

如瑄走到劍室外的走廊上，不知不覺也停了下來。他低下頭，看著手裡那一堆美人圖，苦澀一笑。

也許已經習慣了這種無可奈何的感覺，或是自己對那份感情絕望了太久，所以真正面對這樣的情況，反而不像預想中的那樣不能忍受。不過經過這件事，倒是令他對百里寒冰的想法有了瞭解。

說到底，也不過就是負疚感作祟罷了。百里寒冰內心最大的負擔與隱痛，就是自己對他的那份愛戀之情。糾纏自己多年的心魔，終究也成了他的心魔嗎？

「要是我娶了妻子，是不是就可以讓你徹底擺脫過去？」如瑄對著那堆美人圖，認真地問了一聲，「看似對我百般溫柔，其實在你心裡，還是想要擺脫我這個心魔吧？」

真是這樣也好，說不定這是一個絕好的契機。

他勾起嘴角，對著自己微微一笑。

廊外陽光正好，穿透過他單薄的身體，連影子的痕跡都淡到幾不可見……

——《子夜呉歌之長寂寥》完

子夜呉歌

番外

歲寒

「百里城主，您看這麼大的雪，還是不要回去，就在這裡將就一日。等明朝風雪停了再起程吧。」

「無妨，路途並不算太遠。」百里寒冰翻身上馬，朝送他出來的管事說道，「這邊請你多照應一些，那些農戶若是收成不好，今年的田租就免了。」

「城主真是心善。」

他道過別，駕著馬衝進了這場晚來的風雪之中。

從這裡到冰霜城不過三四十里的路程，但一路上雪越下越大，縱然百里寒冰武功絕頂，也覺得路途難行，不由得越發小心。

也幸好他放慢了速度，才能在看到路中央那個小小身影的時候，及時拉住了韁繩。再仔細一看，他嚇了一跳，連忙翻身下馬，把那個蜷縮側臥在路上的孩子拉了起來。

那是個很小的孩子，穿著一件破舊棉襖，臉色凍得發青，嘴唇凍得發紫。

雖然凍得不輕，但還醒著，甚至還對著他淺淺一笑。

百里寒冰的心不知怎麼，突然一陣柔軟發酸，手上迅速脫去那孩子身上凍成堅冰似的外衣，用雪貂皮斗篷仔細裹好，擁進自己溫暖的懷中。

事後想起，他總覺得這就像是冥冥之中早已註定，不然為什麼自己當時沒有半點猶豫，一切彷彿天經地義那般自然？

「是神仙嗎？」當他策馬狂奔時，聽到那孩子的呢喃細語，稚氣的聲音脆弱又清晰，「你是來救我的神仙吧？」

「沒事的。」明知道這孩子是凍壞了在說胡話，八成也聽不到自己在說什麼，可百里寒冰還是低下頭安慰著他：「我帶你回家，很快就會到了。」

一隻小小冰冷的手貼在他的胸前，就在靠近心口的位置，似乎想要從他身上汲取些熱量。他運氣提高體溫，很快地，那孩子整張臉都貼了上來。

「真暖和。」那孩子閉著眼睛，緊緊依偎著他，然後露出一絲帶著畏怯，卻輕柔至極的微笑。

「不能睡著。」百里寒冰的心裡，竟泛起了一絲絲慌張。

「好。」沒想到那孩子竟然意外乖巧，硬撐著張開了眼睛，用力地盯著他。「我不睡……」

「乖。」百里寒冰笑了，感覺從看到這孩子之後就一直懸在半空的心，忽然落到了地上。

風雪來得突然，去得也快。

回到冰霜城不久，雪已經漸漸轉小，過不了多久應該就會停了。

百里寒冰換好衣服，走到為那孩子臨時歸置出來的相鄰房間。

興許是天色的關係，屋裡顯得越發陰冷，他看了看裹在被子裡瑟瑟發抖的孩子，忍不住皺起眉頭。

「去，」他吩咐伺候的僕人，「多生幾個火盆進來。」

看到僕人應聲離開，百里寒冰走到床邊，用手摸了摸孩子汗津津的額頭。

「這麼燙？」他的眉頭越皺越緊，「大夫看過沒有？」

「回城主的話，許大夫剛剛來看過了。說在雪地裡凍了太久，此刻情況不是太好。」總管看他這模樣，心裡一邊疑惑又有些惶恐，「我已經讓人去取藥煎上了，待會就端過來。大夫說若是明日一早能夠退燒便不要緊，若是退不了，孩子嬌嫩怕是要燒壞了。」

「是嗎？」百里寒冰面露憂色，有些焦躁地問，「火盆呢？怎麼還不送來？」

火盆很快就送了過來，屋裡頓時溫暖許多，但床上的孩子還是不停發抖著。

「城主。」總管忍不住問，「這是誰家的孩子？這種天氣怎麼會待在外面？」

「是在回城的路上，這孩子倒在路中間，我騎著馬差點踏到。」百里寒冰嘆了口氣，「他小小年紀，孤身在冰天雪地裡……」

床上的孩子突然嗚咽一聲，眼睫顫了幾下，彷彿要醒轉的模樣。

「醒了？」

「嗯……」那孩子迷迷糊糊地看著床邊的百里寒冰，一雙眼睛彷彿沒有焦距一般，伸出手抓住了他的衣袖。

「是燒糊塗了。」總管嘆了口氣。

「好冷……」那孩子口齒含糊，抖得身子都快要散了，可是那隻抓著百里寒冰衣袖的手卻握得死緊。

「藥還沒好嗎？」百里寒冰幫他拉好被子，又嫌被子不夠厚實，差人去多取幾件過來。

一陣忙亂之後，多取了幾床棉被，火盆也生得旺盛，屋裡的人都熱出了汗，可那孩子卻還在發抖。

「城主，藥來了。」總管示意那端藥的丫鬟上前，「讓人餵他喝下，興許就會慢慢平復了。」

百里寒冰點了點頭，從床邊站起，想要讓出位置。可是那孩子的手指卻是僵直一般，怎麼也放不開衣袖。

「算了，把藥給我。」無計可施之下，百里寒冰重新坐了回去，連人帶被抱到了懷裡。

屋裡的人面面相覷，不相信城主居然和一個半路撿來的小孩這麼親近。

「快把藥端給城主。」總管第一個回過神，推了推發呆的丫鬟，轉頭對其他人說：「不用你們伺候了，都各自回去吧。」

百里寒冰把藥端在手裡，用嘴唇湊近試了試溫度。

「好苦……」他皺了皺眉頭，懷疑裡面整碗都是黃連水。

再低頭一看，發現那雙原本朦朧迷茫的眼睛，此刻已經清清澈澈，一眨不眨地望著自己。

「把這藥喝了吧。」他盡可能溫和地笑著，「可能有些苦，不過喝了身子就會好起來了。」

「嗯。」那孩子虛弱地點點頭，伸手要接藥碗。

「我端著就好。」百里寒冰把他的手塞進被子，把碗湊到他的嘴邊，柔聲說道：「喝吧。」

一旁的總管揉了揉自己的眼睛，覺得自己可能是年紀大了老眼昏花，才會看到向來待人和善卻疏離的城主，露出這樣堪稱溫柔的表情。

那孩子一口口咽下，不一會就把碗裡的藥全都喝完了。

「苦不苦？」百里寒冰問他。

那孩子搖搖頭，帶著微笑卻很認真地對他說：「良藥多苦。」

百里寒冰因為那柔和的笑容愣了一下，嘴角也跟著浮現些許笑意。

從那個時候開始，不論這孩子的出身來歷，他都絕對沒有絲毫惡意。加上這幾年跟在自己身邊，處處體貼溫順，這樣的孩子，怎麼能就此夭折了呢？諸位先祖若是在天有靈……百里寒冰抬起頭，望著層層疊疊的牌位，在心裡頭默默默地懇求著。

「城主。」

「怎麼了？」他心裡猛地一顫，急忙轉過頭去。

「城主。」來人卻是滿臉笑容地對他說，「瑄少爺醒了，大夫說已經沒什麼大礙了。」

「是嗎？」這幾個晝夜以來，百里寒冰第一次卸去沉重的表情，露出笑容。

急匆匆走到門邊，才想起還沒有告謝祖先，於是就在門口行了大禮，急切地跑到了如瑄房中。

「師父……」如瑄睜著猶帶血絲的眼眸，看到他來了就想要起身。

「別動。」百里寒冰急忙用被子把他裹緊，才扶著他坐了起來，「你燒剛退，要躺著靜養，不可以起來。」

叫人端來稀粥，一勺一勺餵如瑄吃完後，才又扶著他躺下。

「剛剛，我好像看到了……」如瑄一直迷迷糊糊任他動作，直到此時才恍惚地說：「好像是我娘……但是我娘早就死了，所以……我還以為我也死了……」

「童言無忌，不許說這種不吉利的話。」百里寒冰有些惱怒，「有師父在，不會有事的。」

「嗯。後來我想起師父，就沒有跟娘走。」如瑄乖乖點頭，「要是我走了，就再也見不著師父了吧？」

「傻孩子。」百里寒冰哭笑不得地捏了捏眉心。

如瑄看了看他，有些憂心地問：「師父，你一直在照顧我，一直沒有睡覺，對不對？」

「我不放心，大夫年紀大了，那些下人又粗手粗腳的。」百里寒冰幫他把貼在前額的頭髮撩開，「你醒過來就好了。」

「對不起。」如瑄低下頭，「是徒弟沒用……」

「我剛才想起了把你帶回來那時的情形。」百里寒冰微微一笑，「你也是病得厲害，也是拉著我怎麼都不放手。」

「啊。」如瑄這才注意到自己從方才開始，就一直抓著百里寒冰的衣袖，連忙鬆開了手。

因為太過用力，指節突然一陣抽痛，讓他擰起了眉頭。

「怎麼了？」百里寒冰嚇了一跳。

「手麻了……」他吶吶地說。

「真是的。」百里寒冰把他的手拉過來，輕輕地幫他揉著指節，「如瑄，以後可不許這麼嚇唬師父。」

「師父。」如瑄呆呆地看了一會他優美的側臉，有些黯然地低下頭，「我以後會注意，也會努力……」

「不用。」百里寒冰淡淡地說。

「師父——」如瑄的臉色頓時刷白。

「不是讓你別動。」百里寒冰把他縮回的手重新拉了過來。

「師父，我以後會用心練武的，你不要……」

「不要什麼？」

「不要……」如瑄低下頭，把嘴唇咬得死緊，「不要把我趕出去。」

「趕走？」百里寒冰愣了一下，皺了皺眉，「誰說我要把你趕走？」

「是阿魏……」如瑄的頭越來越低，「他說我總是練不好劍法，師父不開心，再這樣下去遲早要把我趕走……」

阿魏是百里寒冰房裡的小廝，百里寒冰向來喜歡他的機靈討巧，只是那孩子心眼小，與他年齡相仿的如瑄來了之後，不免有些妒忌，平日裡總在言語上欺負如瑄。

百里寒冰多少也知道，不過只當小孩子鬧脾氣，沒什麼大不了的，卻沒想到如瑄竟會當真，還一直藏在心裡擔憂著。

如瑄的另一隻手也伸過來，小心翼翼地拉著他的衣袖，幾近哀求地說道：

「師父，如瑄會好好練劍，你不要把我趕走好不好？」

「你在胡說什麼，我怎麼會把你趕走？」百里寒冰不悅地按住他的肩膀，「我說了別亂動，你燒才剛退，經不得寒氣。」

「可是……」

百里寒冰不由分說地幫他蓋好被子，用眼神示意他不要亂動。

「你是我唯一的徒弟，也是我最親近的人。在這座冰霜城裡，除了我之外，你不需要在意任何人，或者他們說的任何話。」百里寒冰伸手摸了摸如瑄的額頭，確定不再發燙才算滿意，「如瑄，你明白我的意思嗎？」

「嗯。」如瑄點了點頭，卻依舊欲言又止的樣子。

「想說什麼？」

「那麼……」他怯怯地問：「師父不會趕我走的，對不對？」

「要是師父真要把你趕出去，你該怎麼辦呢？」百里寒冰笑著問他。

明知道百里寒冰不是認真的，如瑄眼中還是漾起一片氤氳水氣，硬忍著才沒有落下淚來。

「要是師父討厭我，希望如瑄離開，我自然會走得遠遠的。」那孩子的聲音幽幽遠遠，聽起來居然有幾分浸染世事的滄桑，「然後就再也不回來了……」

「生氣了？」見他這麼傷心，百里寒冰不免有些後悔逗他，「師父只是和如瑄說笑，我怎麼捨得趕你走呢？」

「可我總是學不好……師父是天下第一的劍客，卻收了我這麼差勁的徒弟……」如瑄把整張臉都藏在被子裡，聲音斷斷續續的。

「以後不用練劍了。」

「啊？」如瑄吃驚地抬起頭。

「我已經和許大夫說過，等你病好以後，就開始跟他學醫。」百里寒冰歪著頭，笑著對他說：「以後你不用練武，也省得我一直提心吊膽的。」

「可是……」

「好了，不用再說了。」百里寒冰擋住他的嘴，「不論學武還是學醫，如瑄都是我的徒弟，我絕對不會趕你走的。」

如瑄呆了好久，才傻傻地點頭。

「好好歇息。」百里寒冰嘆了口氣，「任何事都要等你身子養好再說，不許再胡思亂想了。」

「師父……」如瑄正想說話，卻瞥見門外有片縷純白飄落，「下雪了……」

「是啊。」百里寒冰轉頭看了一眼，不甚在意地說：「雪天陰冷，待會叫人拿門簾掛上。」

「師父……」看著像是要離開的百里寒冰，如瑄有些慌張地喊他。

「你好好休息，我去處理些事，待會就回來。」百里寒冰摸摸他的頭，走了出去。

如瑄對著被掩上的門發了會呆，控制不住地彎起嘴角。

他說絕對不會趕自己走的，絕對不會。

百里寒冰吩咐完掛上門簾之後，又喊住了總管。

「白總管。」百里寒冰想了想，說道：「你把阿魏調到城外吧。」

「是……」總管很意外，猶豫地問：「不過城主，是不是阿魏那孩子做錯了什麼？」

「那孩子很機靈，留在我身邊是埋沒了。」百里寒冰淡淡地說，「替他找份好差事，好好安置他，沒什麼事就不用再回城裡了。」

「是，我這就去辦。」

百里寒冰望著廊外紛紛揚揚的大雪，目光柔和了起來，也越發堅定了心意。

既然如瑄無心武學，又何必強求呢？

「是如瑄的藥嗎？」他攔住了端藥經過的僕人，徑直接過對方手裡的藥碗，「我拿過去就好。」

走到如瑄屋外推開門，輕聲地喊了一聲：「如瑄……」

「如瑄……」百里寒冰推開門，走進了如瑄房裡。

房裡空蕩蕩的，一個人也沒有。

書桌理得乾乾淨淨，床鋪疊得整整齊齊，只是，沒有任何一個人。

對啊，如瑄已經不在了。

他走到床邊，慢慢側躺下去，把頭緊挨著疊好的枕被，想從裡面尋覓一絲如瑄的氣息。

「如瑄，」他喃喃地問，「你怎麼還不回來……」

這屋裡原本到處都是如瑄的影子，可是近來卻覺得淡了，是不是因為……因為如瑄已經離開太久了？

不知什麼時候，窗外飄起雪來。

「如瑄……」他突然直起身子，大聲喊道：「來人，來人！」

「城、城主……」僕人應聲而來，有些瑟縮地看著他。

「替我備馬，我要去接如瑄。」他低下頭頭，淺淺一笑，「待會雪大了，路就難走了。」

「是。」僕人匆匆忙忙地跑開了。

他走到屋外迴廊上，零零碎碎的細雪飄到他的臉上，帶著一種沁涼滲到心裡。

如瑄……

「城主。」不過片刻，僕人氣喘吁吁地跑來回話，「馬、馬已經備好。」

他面無表情，低沉地問：「備馬做什麼？」

「城主方才不是……」僕人咽了口口水，「說、說是要去接瑄少爺……」

「如瑄？」他揚眉，而後愣住了，「如瑄他……他已經不在了，我要去何處接他？」

僕人臉色發白，看起來一臉恐懼的模樣，但他卻無心理會。

因為，如瑄都已經不在了。

雪漸漸大了起來，由細密綿稠化作凜冽肆意。

冰霜城的內功有斂藏熱息之效，所以冰雪積而不化。他在廊下站了不久，衣衫眉髮盡數為冰雪覆蓋，就連眼睫也厚厚積了一層。

朦朧的視線裡，似乎有什麼人沿著迴廊緩步走來，風雪穿透那人的單薄衣衫，輕輕地覆到地面。可直到面無表情地從他身邊經過，那人的目光也沒有分給他一絲半毫。

「如瑄……」知道那是幻影，只是自己臆想出來的畫面，他還是忍不住地慌張，就好像明知道自己最近不對勁，卻根本無力克制。

只要閉上眼睛，他就能聽到如瑄的聲音在腦海裡迴盪。

你回來之後，就不會再見到我了。

就是這句話，如瑄對他說的最後一句話。因為他說再也不想見到如瑄，如瑄才回答他的這句話。

「不是的……」他想要為自己辯解，卻只能反反覆覆地說：「如瑄，我不是那樣……我不是……」

反反覆覆地，最後只剩下了麻木和僵硬。

就好像之前心還會隱隱作痛，但最近卻只是聞到一種怪異的味道，彷彿有什麼東西隨著如瑄的離開，慢慢地死去腐爛。他捂住臉，慢慢地跪倒在地上。

被束縛著、纏繞著，十多年間，本以為模糊忘卻的往事，突然細節鮮明地日夜往復糾纏。

他在冰冷滑膩的青石上坐了許久，滿身的汗水把衣衫都浸濕了，冷風吹得他遍體生寒，才重新恢復了一絲神智。

「會過去的。」他對自己說，「這些都會過去的。」

只要一會，在一切過去之前……

扶著柱子站起的時候，他腳下一滑，差點又踉蹌著摔到地上。

之後，他站在長廊猶豫半晌，最終卻還是朝著來路走回了如瑄房裡。

風雪幾乎沒有片刻停息，彷彿不將萬物凍結就誓不甘休的架勢。

在百里寒冰的記憶中，那是他一生之中最冷的冬季。

不，是從那一年之後，每一個冬季都是如此寒冷難耐。

每一年，每一年。

——番外〈歲寒〉完

高寶書版集團
gobooks.com.tw

BL046

子夜吳歌之長寂寥

作　　者　墨　竹
繪　　者　はまぐり
編　　輯　任芸慧
校　　對　林雨欣
美術編輯　林鈞儀
排　　版　彭立瑋

發 行 人　朱凱蕾
出　　版　英屬維京群島商高寶國際有限公司臺灣分公司
　　　　　Global Group Holdings, Ltd.
地　　址　臺北市內湖區洲子街88號3樓
網　　址　www.gobooks.com.tw
電　　話　(02) 27992788
電　　郵　readers@gobooks.com.tw（讀者服務部）
　　　　　pr@gobooks.com.tw（公關諮詢部）
傳　　真　出版部　(02) 27990909　行銷部 (02) 27993088
郵政劃撥　50404557
戶　　名　三日月書版股份有限公司
發　　行　三日月書版股份有限公司/Printed in Taiwan
初版日期　2020年10月

國家圖書館出版品預行編目(CIP)資料

子夜吳歌 / 墨竹著著.-- 初版. -- 臺北市：高寶國際, 2020.10-
冊；　公分. --

ISBN 978-986-361-857-7(中冊：平裝)

857.7　　109007252

三日月書版

三日月書版

GOBOOKS & SITAK GROUP©

GOBOOKS & SITAK GROUP©